宜蘭海傳說

海上夢幻王國

天神的旨意

PUSORAM

張秋鳳 著

村落分佈與人物代表

海上夢幻王國
蘭陽溪的風雲‧海上不安定

一、**Tamayan村**

　　人物代表：Takid、Zawai（父子）、Piyan（Zawai
　　之妻）

二、**Hi-Fumashu村**

　　人物代表：Kunuzangan（長老）、Vanasayan（長老
　　夫人）、Avango（子）、Abas（Avango
　　之妻）

三、**Baagu村**

　　人物代表：Papo、Pilanu（為Lono的最佳助手）

四、**Torobuan（Torobiawan）村**

　　代表人物：Lono（第一部村落王子，與Avango為同
　　父異母之兄弟）、Saya（Lono之妻）

五、**Tupayap村**

　　人物代表：Kaku（Kulau之好友）、Ipai（為妻子）

六、**Tuvigan村**

　　人物代表：Kulau（與Kaku為好友）、Wban（為妻子）

七、**Vuroan村**

　　人物代表：Anyao、Tanu（Tiyao最佳助手）、Basin（Anyao之妻）、Ilau（Tanu之妻）

八、**Torogan村**

　　人物代表：Tiyao（第二部村落王子）、Avas（為妻子）

蘭陽溪的風雲・藏身好過冬

一、**Panaut村&Karewan村：**

　　人物代表：Zawai、Piyan（夫妻）

二、**Tupayap村&浪速海灣：**

　　人物代表：Avango、Abas（夫妻）

三、**Binabagaatan村&大濁水溪：**

　　人物代表：Papo、Avas（夫妻）

四、Vuroan村&Torogan村：

人物代表：Lono（村落王子）、Saya（夫妻）

五、Kirippoan村&Takili河：

人物代表：Pilanu、Api（夫妻）

相關人物：

海龍將軍、海龜將軍、水晶、Kean-Taroko王子。

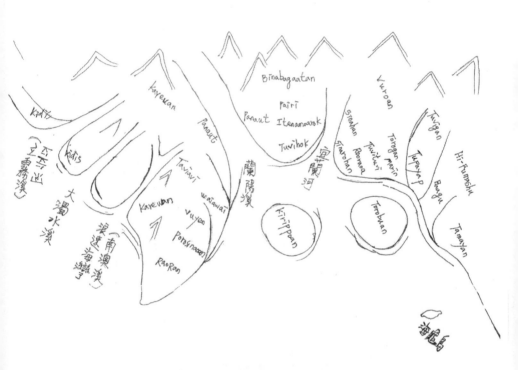

古世紀宜蘭海分佈圖

古今地名對照表

宜蘭縣

Tamayan Hi-Fumashu Baagu	頭城鎮
Torobuan Torogan Tupapay	礁溪鄉
Tuvihok	員山鄉
Kirippoan	壯圍鄉
Panaut	三星鄉
Waiawai Taviavi	羅東鎮
Vuyen RaoRan	冬山鄉

花蓮縣

Kidis	新城鄉、秀林鄉

【自序】來自Sanasai傳說

新聞專題講述著一段攸關蘭陽溪河川被無限期租用的事：

> 蘭陽溪河川地原本只放租泰雅大橋至北橫公路口，但因
> 為租金低廉，近年來放租面積大幅向中上游延伸。農作
> 物改變蘭陽溪谷樣貌，整地、開路後的河床，更破壞了
> 河流原本的水道，大雨一來就釀災。當地環保團體與立
> 委田秋堇批評，在蘭陽溪整地的農民，多半是中南部來
> 的「金主」，宜蘭在地農民反而只是受僱者，對收入
> 沒有助益，環團多次呼籲河川局別再放租，但情況未見
> 改善。

這使我想起過去參加劉益昌教授在講解古台灣歷史的一段
Sanasai傳說：

> 大台北地區的馬賽，會追溯祖源到Sanasai；哆囉美遠

人則追溯祖源到達奇里；而宜蘭的噶瑪蘭人——特別是溪北的部分，卻追溯祖源到北海岸的馬賽。其中的差異，除了透露族群移動過程中，會有原鄉、第一居停地、第二、第三、第四……原鄉的變動與相對性，也使Sanasai傳說圈的空間範疇，以移動的主體為中心，產生多層次的變化。從歷史的角度看，南來北往、大大小小的移動，正顯示族群的分布，是時時處於變動不居的狀態；同時，此一變動，長期以來又局限在一定的空間。Sanasai傳說圈的族群體系，因此也隨著長時段的時空之變、短時段的穩定狀態，呈現著不同的族群內涵。

承襲撰寫上一本歷史文學小說《大肚王國的故事》的精神，開始走訪宜蘭各古蹟名勝，同時觀光賞景、吃海產吃到飽的作者，一個人站在宜蘭火車站，突然發呆起來了……。這時，有一道天光從天而降，彷彿對我說：「天將降大任於汝也，汝必將茲寫出來。」

我在尋找宜蘭古文化歷史的考據中，如同《大肚王國的故事》的歷史一樣，穿鑿附會，要抽絲剝繭的才能理清出來所有最確實的歷史脈絡，因此我也發現蘭陽溪歷史文化從頭城開始經礁溪劃一直線，到宜蘭、羅東，再劃一道直線到蘇澳，以東

都是一片大海，我統稱為：宜蘭海。在這一本蘭陽溪河流歷史文學裡，講述的就是宜蘭海的夢幻王國故事。

我們過去所認知的噶瑪蘭族（Kebalan）以前稱為「蛤仔灘三十六社」，但事實上其聚落的數量超過六七十個社。我覺得殊不論村落有多少個，在整個東部宜蘭海地區，和台灣中部的Camacht王國一樣，都是一個聚落繁榮、物產富饒、資源充沛、人民生活安定的海上王國。

我在尋找蘭陽平原的古文化歷史期間，意外得知，最先居住在宜蘭的原住民並不是噶瑪蘭族（Kebalan），而是另一個族群Pusoram人。這個Pusoram人來自海上，他們在海神的庇佑下尋找到一塊樂土，建立海上王國，於是這一群Pusoram人從海上歷經海上翻騰攪擁的浪花來到了宜蘭海一帶的沙洲，建立了一個屬於自己的家園，同樣地，這一群Pusoram人在海神與天神的預告中，也發生許多劫難，然而在天神與海神保護中和山神引導下度過這些的劫難，這個劫難有來自於大山Taroko人和Basay人，還有來自遠方海上不知名的族群海盜。

究竟天神與海神如何幫助Pusoram人避開這些劫難？他們又如何成功地保護族人、守護家園，留下寶貴命脈，繁衍世世代代子孫，繁榮擴展其王國呢？這也是本書所要闡述與描繪的。

　　《宜蘭海的故事》就是要還原整個Sanasai原住民的傳說，以及先民們遷徙移居在大山與大海之間，如何化解各村落之間的衝突，尋求彼此和平共存共榮的故事。

張秋鳳
2015年5月

宜蘭海傳說

CONTENTS

1.船泊處有鹿出沒

　　平靜無波的海面反射著波光粼粼的亮彩，大大小小、跳躍不完的魚群隨著海面波紋的起伏而跳動不停，天空裡的雲彩和海底下的多樣色彩呈現一種海天無縫的彩色畫布。天上的魚，海底的雲，天上的水草，海底的棉絮，徜徉在大自然幻化無窮的形體中，哪一個是真？哪一個是假？真叫人難以分清楚。

　　從空中凌飛而下的傲鷹在海面上小啄了一口，嚇退了正在嬉戲的魚群。隨著白雲的浮動，海面上的鯨像直立式的火箭向天空拋去，然後來個大轉彎俯垂海面下，若不是有天大的本領，又怎能在海上悠遊自在？開始起風了，波紋越來越大，天上的雲也越走越快，雲朵走得快，原本堆積的雲層漸漸散開，雲朵拖著尾巴向前方直走，海面上的波紋也隨著浪高越來越明顯，越來越浮動。

　　起風了，真的起風了，恐怕這次真的起大風了，雲霧也越擴越散，尾巴拉得更長。海面上的船隻開始尋找定點靠岸，躲避風雨。風越大，浪紋越是起伏不定。海面上暗礁若隱若現，

若是不諳水域，可能會觸上這些暗礁。並非所有的暗礁都是危險的，那得看掌舵在海上的人們的經驗，去判斷哪一個暗礁是可以停靠休息的。

風越來越大了，掌舵的人開始憂慮了，如果找不到可停靠的港口和島嶼，全船的人都會沉沒。

Lono看著天空的雲越來越散了，越來越大了，風浪越來越強了，望著迷濛的大海前方，努力找尋可靠岸之處。Zawai從船艙走出來，看著甲板上的Lono。

「在找暗礁嗎？」Zawai說。

「一時之間看不出可靠岸的島嶼，風越來越大了。」Lono說。

「是啊，這次出海沒想到會遇見這麼大的風浪。」Zawai說。

Lono回頭看了Zawai一眼，「Abas呢？」Lono說。

「在休息。」Zawai說。

「看到了，看到了，前面有一處沙洲，我們可以過去看看！」掌舵的人說。

「好像真的有，時隱時現的。」Lono說。

Lono和村民們的船隻一起朝著沙洲島前進，船上的人看見沙洲，都非常高興。是啊，畢竟出海一陣子了，船艙裡的魚貨

也增加許多，漂泊的水面生活也該告一段落了。停靠沙洲陸地讓全船的人有個活動的地方，這是海上生活的人的希望。對於漂泊在大海上的船隻，在風浪起伏的時候，隨時都會沉沒在海底，這就是海島人的命運。

隨著船隻越來越靠近沙洲，風浪也變得越來越小了。Lono很清楚地看到了這塊大海中隱沒沉浮的沙洲，為了船員的安全，所有的人都帶著防身武器在船隻靠岸附近。先在沙洲上找到紮營的地方，架起木屋，堆疊石板，木板成了鋪設的地毯。

「今晚就在這住下了。」Lono說。

Zawai看了沙洲的周圍，說：「那裏好像有一座山林，旁邊有水流出來。」

「是小溪流，不過這條溪還挺大的。明早我們再去山林探險，說不定會有大收穫。」Lono說。

「什麼大收穫？」Abas問。

「跟我們以前住的地方一樣，或許有熊和豹出現。」Lono說。

「你看！」Zawai指著山坡說。

Lono和Abas兩個人都往Zawai說的方向看去。

「是鹿，好多鹿！鹿角好大啊。」Abas說。

「嗯，明天再去狩獵吧！」Lono說。

「那早點休息。」Zawai說。

　　Lono吩咐全船的人早點休息，並派人輪值守夜，保護船員。星空灑下來的不是星光，是一層一層的流星雨，在海面上顯得特別明亮。暴風吹跑了流星雨，也淹沒了沙洲，卻掩不住生活在海上的人們的心。今夜，風雨來臨，星光暗淡，海面上的怒吼如雷聲響。

2.陸地生活第一天

　　海面上微亮的雲層透著一絲光線從天際與海水的夾縫中出現，一道強光射入山頭，返照在沙洲上，照紅的臉龐一一醒著，在沙灘上洗滌昨夜的疲困，趁著清晨的露水開始一天的生活。

　　這一群從大海上漂流而來的Pusoram人在這個陌生的沙洲上開始了第一天的陸地生活。

　　Abas帶著女孩們在大海裡洗滌衣物、農具，Lono、Zawai和男孩們準備著一天的捕撈，希望這裡的海域也有和過去大海一樣的海洋資源。

　　Lono潛入海裡又探出頭，高喊說：「這裡的海一樣漂亮！」

　　「那是說水藻也很多囉！」Zawai說。

　　「嗯，魚也很多。」Lono說。

　　Zawai轉頭望著沙洲上對岸的山林，說：「那座山林看起來有很多獵物。」

「只是那座山裡不知道有沒有住著別的人們？」Lono說。

「別的人們？」Zawai說。

「像我們一直都住在沙島上一樣，這個島的山林也可能存在著一些村落。」Lono說。

3.與Taroko人初次接觸

　　於是Lono和Zawai將所有村民分為兩部分，一部分在沙洲保護女孩們，一部分跟著他和Zawai去對岸山林勘察，萬一有狀況發生了就射箭通知對方。

　　交代完畢，Lono和Zawai駕著一艘船往山林去了，在抵達對岸之前，被美麗的山林美景吸引住；船行在海上，心卻飛向蒼翠的樹林，看著跳躍的猴子、奔跑的鹿群及漫步的山豬，與山羊的低垂交織出美麗的一幅畫。

　　Lono一行人將船綁在樹枝上，Lono和Zawai兩個人分別帶著兩隊人馬進行山中探尋，約定時間回到上岸的地點，然後展開兩個人的山林探險之旅。

　　當Zawai在追逐一隻山豬的途中聽到腳步聲，他讓同行的村民停下腳步並躲在大樹背後觀望，果然有一群和他們不一樣的村民匆匆提著一隻山豬走回山裡去，Zawai很想跟上前去，可是考慮到村民的安全，還是作罷。

　　Zawai繼續在山中尋找獵物，和村民一路追趕著山羊，與

Lono一行人在一個小岔路口遇見了。Zawai告訴Lono遇見山中之人的事，挑起了Lono的好奇心，決定悄悄潛入山林中人的村落。

Lono和Zawai打探之後發現，山林中人的武器蠻多的，憑著他們這幾個人的力量，是無法抵抗的，Lono身為這個船隊的首領，必須為自己的村民負起安全之責。於是，他們兩人又悄悄下山，不料卻引發了小小的騷動。原來，Lono要Zawai先帶著村民回沙洲去，但Zawai說什麼也不願意讓Lono獨自留下。爭執的過程中，被原本居住在這個島嶼的人發現了，一些人立刻往他們潛藏的地方走來。

這些山中之人自稱是Taroko人，其中一個自稱是Taroko人的首領。

這個Taroko人的首領說：「你們為什麼來山上？」

Lono非常客氣地說：「我們來自海上，因為海面上生起暴風雨，所以我們的船隻就在山下的沙洲擱淺了，暫時停留，村民需要休息，所以冒犯地來到山上打獵取食。」

Lono說完話後向Taroko人的首領深深一鞠躬。這個首領看見Lono的村民們手上拿著山豬、野鹿，揮手讓他們下山，又看著Lono一行人直往沙洲上走去。

從山上眺望沙洲島非常的清楚，Taroko人不怕Lono的人上山亂事，一旦發生衝突，山上立刻發出救援，Lono一行人也絕對逃不過Taroko人的追擊。

4.祖有明訓建立王國

　　海上幾隻鷗鳥飛行，航行在海上的船隻忙著打撈，忙著返航，這海上時常可看見不同的人們的舢舨船在航行，風大雨大總得有個伴，三五艘船並肩而行是時常有的現象；為了避免船隻走失，粗大的麻繩與藤繩出現在船上也是常有的物品。

　　海上陽光普照，鷗鳥齊飛盤旋。Kunuzangan用銳利的雙眼看準目標，拉起弓箭，想射下鷗鳥，但轉念一想，即使射中了，鳥也會掉進海中，於是作罷，收起了弓箭。

　　船在魚群來回不停的海面上浮動，想必是讓躲在船艙底下的魚躲過銳利的鷗鳥的捕捉。

　　Takid走到Kunuzangan的身邊，Kunuzangan看了Takid一眼，沒有說話。

　　「今天海上算是平靜的。都怪Zawai不懂事，竟然私自和Lono一起出海，害得大哥必須勞累在海上。」Takid說。

　　「剛開始的時候，我也和你一樣也覺得孩子們不懂事。可是，經過了這幾天在海上的航行之後，我才發現以前我們住

的那個島真的太小了，而大海實在太大了，這一路走來，碰到大大小小的礁岩島也實在太驚人了！或許我們應該在這片大海再找一個地方可以替先祖世世代代傳承下去的地方。」Kunuzangan說。

Takid對Kunuzangan的話感到驚訝，想不到大哥會這麼說。

「Takid，你一定很意外我為什麼會這麼說。在我們生存的島上，祖先不是有明訓嗎，要在大海上稱霸，建立一個海上王國嗎？如果我們沒有從島上走出來，怎麼稱霸於大海呢？」Kunuzangan繼續對Takid說著。

「大哥說得對。」Takid說。

「Takid，等我們找到Lono他們，我們一起去尋找下一個可以繁衍後代子孫的地方，在那裏建立起祖訓的話，能夠世世代代的生活下去，在海上建立起一個王國，千年萬代的海上王國。」Kunuzangan說。

「嗯，都聽大哥的。」Takid說。

5.一夜風雨飄搖

　　Kunuzangan拿起鏢槍看準海面射去，大鯨連槍帶入水中，不久浮上水面，Kunuzangan吩咐其他人撒網將大鯨拉上船去。

　　「今天有大餐可以吃了！」村民說。

　　「嗯，Kunuzangan真是好射手，村落裡沒人比得上！」有人稱讚說。

　　Kunuzangan聽了只有笑笑，一面注視著船下有很多不斷飛躍而過的魚群，「看來這一帶海域資源很多。」Kunuzangan說。

　　Avango從船艙走出來，看著偌大的鯨，驚訝地說：「哇，這麼大的鯨是誰抓的？」

　　「是Kunuzangan射中的。」船夫回答。

　　Avango向Kunuzangan走近，讚嘆說：「爸，今天你又射中大魚了，真是好鏢法，我就是學不會。」

　　「如果Lono在的話，他一定也能射中大鯨的。」Kunuzangan說。

　　「是啊，Lono自己也練得一身好箭法，就因為這樣才能行

走大海，我就不行了。」Avango說。

「Avango，只要膽子放得大，就可以有好功夫。」Takid說。

「像Lono弟弟一樣嗎？」Avango說。

「嗯。」Takid說。

在Kunuzangan眼中，Lono雖然還是個孩子，可是也是他最疼愛的孩子。兩個孩子中，Lono資質最優，反應最快，Zawai常常做事顧前不顧後，Avango反應慢，將來有幸在海上建立一個王國，這王國接班人非Lono莫屬了。Kunuzangan心裡這樣想著。

「大哥在想什麼，想得這麼出神？」Takid說。

Kunuzangan看了Takid一眼，又看看大海，說道：「在想這附近不知還有沒有沙島可以停駐休息的。」

Takid和Kunuzangan同時向著大海張望。原本陽光普照，天空一片湛藍，白雲碎花點點的高掛著，在一頓飽食之後，突然烏雲密布，海浪漸漸升起，海水狂飄。Kunuzangan吩咐所有人將船靠緊，免得被風吹散。

Takid看著風向和雲層移動的方位，說道：「看來得改變方向找地方靠岸了。」

「只能這樣了。」Kuuzangan說。

浮礁在海水的動盪中載浮載沉，讓人看不清楚。這個船

隊尚未找到靠岸的沙島，就已經遇上了暴風雨，船隻搖晃得厲害，村民很努力地護著船隻，小心地向前航行。

風雨飄搖的厲害，經過一夜的折騰，船上的人不知不覺地睡著了，船隻也不知不覺地停靠了沙島。

究竟這一夜狂風暴雨把Kunuzangan和Takid的船隊停在哪個沙島？而Kununzangan會不會在此遇見Lono他們呢？

6.打撈漂流物

　　經過一夜暴風雨的摧殘，從山坡上流下大量的土石幾乎掩蓋了沙洲和海岸邊的水位，僅留一小部份可以讓船身運作；山林的樹木被暴風吹斷，折腰在山坡上，兩旁的溪流瞬間成了滾滾大河，順著山坡流下來的河水流入大海中，大海也在一夜之間聚集了許多不明漂流物。

　　Lono一大早站在沙灘上，看著沙灘上堆積的海上漂流物，立刻叫人清理這些漂流物，能利用的搬上岸再利用。

　　Zawai看見Lono一大早的舉動，便問：「你想拿這些做什麼用？」

　　「這些木頭是上等的木頭，可以補船和作船，小一點的可以做器具和工具等。」Lono說。

　　Zawai看了看搬上來的木頭，用手摸了摸，雖然泡在水裡，還是很堅固。

　　「那好，我也來搬。」Zawai說。

　　「嗯。」Lono點點頭。

兄弟倆各自和一群人努力打撈漂流物，突然有人大叫說：「那邊有艘船過來。」

Lono和Zawai立刻往那個人說的方向看去，確實有一艘船正在靠著浮起來的小小暗礁上。

Lono對Zawai說：「給我一艘船，我要過去看看。」

Zawai看著Lono說：「帶一些人手去，萬一碰上敵人怎麼辦？」

「嗯，你留在這裡告訴大家在我回來之前要提高警覺。」Lono說。

「我知道了。」Zawai說。

Lono帶著幾個人駕著舢舨船前往觸礁的大船而去。

7.父子倆重會

Kunuzangan坐在甲板上仰望著天空，又看看海面。

「昨晚那場暴風雨可真是大。」Takid突然站在Kunuzangan身旁說。

「是啊，船身怎樣了？有好船可以繼續前進嗎？」Kunuzangan說。

「有一艘毀壞得很嚴重，其他的都還好。」Takid說。

「如果船夠用就大家先擠一擠，等找到可棲身的沙灘再來修復。」Kunuzangan說。

Takid沒有說話，這時候有人說了：「前面有人駕船過來了。」

「有人駕船？」Takid說。

Kunuzangan和Takid立刻站到甲板前方張望，果然看見一艘船向他們前進而來。

Takid看著海上直奔而來的船隻似乎沒有要攻擊停歇的樣子，問道：「要戒備嗎？」

　　Kunuzangan看著直奔而來的船隻在平靜的海面上，船上的影子好像似曾相識的影子，只是一時想不起來，於是差人在船上待命戒備。

　　在此同時，在大海上航行的Lono的船上，有人看見觸礁的大船上忽然多了好多人手拿弓箭戒備著，Lono也看見了這情況，於是差人放哨箭，打信號。當Lono的信號放出去，Kunuzangan就知道這是一艘善意的船，從信號的發出後，船隻越來越靠近了，船上有人發現是Lono的船，「是Lono耶！」有人叫說。

　　Kunuzangan和Takid立刻轉身看著接近的船隻，果然是Lono，Takid立刻向對方揮手大叫說：「Lono。」

　　Lono在村民的提醒下也馬上向Takid揮手，只是他很納悶：「叔叔怎麼會在這？那爸爸不是也來了嗎？」

　　當Lono正在思索之際，Kunuzangan即刻站在船邊，吩咐村民將Lono的船靠上，Lono就這樣上了Kunuzangan的船。父子倆相互擁抱，沒有多說一句話。

　　「Zawai還好吧？」Takid說。

　　「嗯，他們正在一座沙洲上生活，還有島，不過島上好像有住著別的村落，這個島的山林物產豐富。」Lono說。

　　「聽你這麼說，那得趕快去你們住的沙洲看看。」Takid說。

　　Lono幫忙架好船帆、船頂，修復甲板，並對Takid說：
「叔叔，我相信Zawai看見你來了會很高興的。」

　　一群人歡喜著準備團圓。太陽漸漸爬上了頭頂，烈日照在
海面上，海水更是發亮得有如星光一般閃耀奪目。

8.山裡人難以捉摸

　　Zawai帶著一群人在沙洲上不斷地來回巡邏，偶而看見山上的那群人向這邊張望著。從山上來的人也在這大海捕魚，洗滌農具，耕種，溪流常可看見許多莊稼物。

　　突然，有人喊說：「回來了！」

　　Zawai趕緊到海邊看看，果然是大船回來了，船上的Lono不斷地向Zawai他們揮手。

　　船靠岸，下船的不只是Lono，還有Kunuzangan和Takid，讓Zawai感到十分驚訝。Avango是最後一個下船的，Avango看到這一片白茫茫的沙洲，簡直望呆了

　　「Lono，這就是你們所說的沙洲島嗎？好漂亮。」Avango說。

　　「是啊，大哥。」Lono說。

　　在大夥歡慶之餘，山坡岸的海岸邊正聚集著一群人望著他們，顯然地他們這一群不速之客引起了一陣騷動。

　　Kunuzangan也注意到了這些陌生人的動靜，正想開口提出

疑問的時候，Zawai說話了：「他們是從對面那個島的山上下來的，曾經跟我們交會過。」

「就是在這個島嗎？」Kunuzangan說。

「嗯。」Lono說。

「看來我們有勁敵了。」Takid說。

Abas拿著竹籃走過來，裡頭裝著大家愛吃的烤蝦、烤魚，還有薯泥。

「咦？怎麼會有薯泥呢？」kunuzangan說。

「昨天Lono他們去島上山裡拔回來的。」Abas說。

「這薯泥的味道不錯。」Takid說。

大家在沙洲島上盡情享受美食溫飽一番，順便也烤一烤剛才在大海中射中的鯨，美味的海鮮滋味是最自然的享受！

山中那一群人看著他們吃得正開心，也提著自己的獵物山豬，野鹿想要和Lono分享，原本陌生有敵意的兩個村落在一頓美食過後，化敵為友，這群自稱是Taroko的人，也允許他們在海岸前方的小山坡打獵採野食，但不能夠進入深山裡，侵犯他們的祖先和生活圈。Lono告訴Toroko人說自己是來自遙遠大海的一個小島上的Pusoram人，由於島上的人太多，所以想另外找一個生存的小島生存下去，並沒有想要侵犯Taroko人的意思，並希望能夠和Taroko人共享這片大海山林之美。

Taroko人聽了很意外，於是告訴Lono他們可以順著島北上，那裡有一大片沙灘、沙島，或許可以讓他們定居下來。Lono聽完很驚訝，不過，Lono他們也被告知，就算定居那裡的沙灘，也會遇到從山上下來的人，就像Taroko人一樣，那邊山上的人叫Maitumazt人。

吃吃喝喝聊著，太陽也漸漸斜射了，這一群Taroko人要在太陽下山以前回到村落，否則山路不好走又容易迷失。Kunuzangan看著這一片美麗大海，Abas看著火紅的天邊印染著彩色畫布，逐漸暈染在海面上，她以為這美景亮麗的炫光只有家鄉才有，想不到這裡也有。

當Abas張開雙臂轉個圈圈，Zawai提醒她：「小心跌倒。」

說時遲，那時快，Abas絆了一跤。

「哥，你真壞。」Abas嘟著嘴說。

Avango看著Abas，把她扶起來，卻被一支箭射中，Abas嚇到了大叫一聲。Zawai看著中箭倒地的Avango，Kunuzangan看著山坡上，是剛才那一群Taroko人，氣得Kunuzangan也拔起箭長射過去，射中了其中一個人，兩邊人馬開始劍拔弩張起來。

　　Lono對於這情形也覺得不對，於是就問剛才一起同歡共飲的其中一個Taroko人說：「難道你們的待客之道就是和客人喝飽了再來決鬥廝殺嗎？」

　　山上的人一陣紛紛擾擾吵不停。顯然地，在山上這一群人中，有人歡迎，有人不喜歡他們，Lono嗅出兩種氣氛圍繞著他們。此時，山上的人放出一支箭射中沙灘上。

　　「是草藥耶。」Zawai說。

　　「給Avango裹上吧。」Kunuzangan說。

　　山上的人走了，到山裡面去了。

　　「爸，今晚大家要輪流守夜。」Lono說。

　　「看來這山林裡面的人時好時壞，難以捉摸。」Takid說。

　　一行人也回到了船上休息。

9.父子倆的深夜對話

　　海面上的天空特別的亮，沒有月亮的天空，只有幾許星光高高掛著，在海上生活的人，在沒有月亮的晚上，就靠著這高掛在天空的星斗指引方向；向南、向北、向東、向西方位的星斗在祖先的書簡上早已列在其中。

　　Kunuzangan一個人坐在沙灘的木頭上，仰望著天空，呆望著海面。

　　Lono走過來，Kunuzangan說：「還沒睡呀？」

　　「睡不著，爸，你也是睡不著。」Lono說。

　　海面上平靜得連島上山林中的夜鶯啼叫聲都聽得很清楚。

　　「明早，我們順著這顆星的方向去北方看看，有沒有可以長期居住下來的地方。」Kunuzangan指著天空裡的一顆星斗說。

　　「爸，你也覺得這裡不好？」Lono說。

　　「這裡沙灘太小，耕作有限，還有山上那地方盤據的那些人，若是想要耕作也要互相爭奪，我不能讓村民離開家鄉而無辜的失去性命，就退一步吧！」

「等我們找到安頓的地方，就可以萬世萬代地生存下去。」Lono說。

Kunuzangan搭著Lono的肩，父子倆並肩看著大海，很久沒有說話。

「喔，忘了問，Avango的傷怎麼樣了？」Kunuzangan說。

「擦了藥就睡了。」Lono說。

「Avango雖然是哥哥，不過從小身體就很虛弱，Lono你以後要替爸爸多照顧Avango。」Kunuzangan說。

「我會的。」Lono說。

Kunuzangan將Lono摟在肩下，並肩坐在木頭上看著大海，看著星空。長久以來一直生活在海上的Pusoram人，要到什麼時候才能找到安定村民的落腳之地呢？

10.被迫離開沙島

　　清晨微露出曙光，山上的雞鳴聲敲響了黎明的天空，雞啼第一聲喚醒在海岸邊睡著的Kunuzangan，他揉著睡眼，看見Lono也在木板上睡著了，拿起身上披的草衣給Lono蓋上。距離破曉時還有一段距離，Kunuzangan把船隻準備好，船屋上早已有人起來準備早飯了。這時，他聽見山林之中傳來野豬的咆哮聲和野獸的狂奔聲。「山上那些村落的人這麼早就獵物嗎？還是另有入侵者？」當Kunuzangan凝神回頭之際，才看清楚山上這一群人想下山打劫他們！當這一群人走到山坡矮木林時，Kunuzangan立刻叫醒Lono。

　　Lono被叫醒之後，看著迷濛天際，問：「爸，什麼事？」

　　Kunuzangan做了一個噤聲的手勢，然後指著山林上方，「你去叫醒大家準備武器。」

　　Kunuzangan說完之後，拿起地上一根長木棍，靜靜地往山林的方向移動。Lono看著Kunuzangan的舉動，立刻向船屋方向跑去，照著Kunuzangan的指示叫醒大家。正當Kunuzangan

站在沙灘和海岸山坡僅有一水之隔，山上來的人持著弓箭與長刀面向著他，Kunuzangan沒有任何動作。只見這一群人慢慢從山坡上走下來到達水岸邊，Lono和Zawai帶著幾名勇士也來到Kunuzangan的身邊，雙方人數有寡眾相對之勢。沙島上的居民安全由Takid和Avango等少數勇士負責。

Kunuzangan考慮到村民的安危，對著山上的人說：「一大早，不知各位有什麼問題？我們這裡的人沒有傷害各位。」

山上的一位首領說：「我們村落覺得你們侵犯了我們的生活。」

「這沙灘？這沙灘位在大海上沒有和島上相連，我們也很少到山上去，哪來侵犯？」Lono說。

「總之，你們要離開這裡，否則我們會主動攻擊你們！我們會提供你們一些物資，拿到補給物資之後，立刻離開。」山上的人說。

現在Kunuzangan才明白，Taroko人一直都把他們當作外來過客，認為他們停在這裡，只是因為在大海遇上大風浪了，船壞了，只想要上岸搶劫一番，然後就離開走人。原來，在海上流浪的不只有Pusoram人，還有不知名的村落族群。Kunuzangan很想告訴這些人，現在沙島上的這些人其實是想在這裡生存下來，想要和他們和平共處。

不過，Kunuzangan最終沒有多做解釋，他只是淡淡地說：「你們是要我們離開？」

　　「嗯。」山上的首領說。

　　「你們願意拿物資給我們讓我們走？」Lono說。

　　「是的。」山上的首領說。

　　「好吧，我們接受。」

　　Kununzangan說完之後，只見山上的人立刻一籃一籃的從山坡上抬下來，走過淺水灘，來到沙灘上。Kunuzangan看著一籃籃的物資，這些足夠在大海上航行數個月了。

　　「爸爸──」Lono轉頭看著Kunuzangan，請示道。

　　「叫大家把這些搬到船上去。」Kunuzangan說。

　　「等一下。」Lono說完，翻看了一下籃子裡面的東西。

　　山上的人看到這一幕，發現這些人並不傻，還懂得檢查。

　　Lono和Zawai帶著勇士將物資搬到船邊，Takid看到了就說：「怎麼回事？」

　　「快搬上船。」Lono說。

　　Takid立刻指示勇士們協助搬物資。

　　Kunuzangan慢慢走過來，Takid看著他的表情似乎有所顧忌似的，便問：「Kununzangan，這是怎麼一回事？」

　　Kununzangan停下腳步，看著大家之後又回頭看看山坡上

那些人,然後面對大夥說:「這些人把我們當成過往的海盜了,也許以前在這裡有一些在海上漂流來的人曾經打劫過他們,現在他們也學乖了,所以不會讓我們住在這裡。」

「我們可以跟他們談談,讓我們住下來,相信我們。」Takid說。

「也許因為過去相信過,所以不再相信海上過來的人。」Kununzangan說。

「那我們要繼續在海上漂流嗎?」Avango說。

「是啊,要是在海上漂流,又遇到亂流怎麼辦?」Zawai說。

「那只有看天神了。」Kunuzangan說。

「這些物資夠我們在海上生活數個月,大家不要擔心離開這裡,我相信這也是天神的意思。我們會找到更好、更大、更適合我們居住的地方,讓我們建立一個海上夢幻王國的樂土。」Lono語氣堅定地看著大家說。

其實Lono心裡是很害怕的,但Kunuzangan看到Lono比自己還堅強,相信以後Lono一定能夠代替自己領導村民,強大村落的成長,建立海上王國。Kunuzangan想著想著,大家早已經將Taroko人送的物資全都搬上船了,全部的人就等著啟航前進,在大海上繼續漂流,尋找下一個夢土。

此時，太陽漸漸升起來了，光芒四射在沙灘的四周海面上，耀眼奪目，閃閃發亮。Kununzangan一行人的船準備出發，離開沙灘。再瞭望一次山林，這一片山壁蒼翠繁茂有如人間仙境。

Kunuzangan看著看著，突然說：「Takid、Lono，我們沿著山壁的海面航行，一定能找到好地方，不要脫離航線。」

「嗯。」Takid和Lono同時應聲著。

船隻離開了，沙灘又成了大海中載浮載沉的沙島，等待海上航行的人觸摸與探尋。

11.雲朵指引方向

　　順著海水波浪前進，船隻浮動在陽光照射的亮麗水面上，魚群不停地群起飛躍，山壁陡峭的岩石像一面牆，抵擋海風的吹襲。山壁上青翠茂盛的樹林在大海的襯托下，彷彿一幅山水畫，畫不盡的畫在意猶未盡的心裡，想著想要捕捉的影像。

　　Lono站在甲板上看著海面，Kunuzangan看著他，問道：「在想什麼？」

　　「爸，你說得對，沿著山壁航行，風浪真的變小了，而且看著外海上那麼多鯨跳躍，這一帶海域真的很不尋常，真希望我們能找到一個地方住下來。」

　　「你真的認為這裡的海域很豐富？」Kunuzangan說。

　　「嗯。」Lono點頭說。

　　Zawai拿了一條魚來到Lono面前，開心地說：「你看！剛才在船邊撒網撈到的。」

　　「船在動，很危險的。」Lono說。

　　「是剛才休息的時候撈的。這裡的海域一定有很多魚

群！」Zawai邊說邊將魚拿回船艙。

「看到了！看到了！前面好像有暗礁和沙灘出現。」有人喊著說。

Takid拿起目眼筒觀看，確實看到了像沙灘一樣的沙土，只是在海水中漸浮漸沉，要等靠近了才能真正確定這些沙灘的位置。船隻飄盪盪的，浮動的海水越來越平靜了；Kunuzangan他們的船將進入一個大轉彎，沙洲若隱若現的在海面上，附近的鯨又急忙地躍起，不斷地發出聲音。大海的鯨有預知大海的訊息能力，Lono的船隻進入大轉彎以後，突然起風了，天空的雲層加厚了，海水的浪紋也變高了。

「看來又有大風雨要來了。」Kunuzangan看著四周的氛圍說。

「我這就叫大家把船繫好。」Lono說完離開甲板，留下Kunuzangan一個人看著四周海面，船隻搖晃得比剛才顯然大了些。

「看來真的有大風雨要來了。」Takid站在Kunuzangan身後說出這句話。

Kunuzangan轉頭看著Takid，嘆了一口氣。

Takid向前走了幾步，和Kunuzangan一起看著大海，說道：「這次大風雨又不知會把我們帶到哪裡去？」

　　從外海直衝而來的大浪紋把他們的船隻毫無方向性地推，但船隻再怎麼偏都無法向東航行，只能順著風浪向西的方向漂，於是Takid和Kunuzangan要船手們將船順風前進，以減少最大傷害。天空裡的雲層似乎也是天神派來和Pusoram人作伴的，陪著Kunuzangan一行人的船隻順風而漂流。雲朵走的方向似乎告訴他們航行的方向，雲霧經過以後，大風幾乎要把船給吹翻了，此時，卻下起雨來了，大家躲進船艙避雨。

　　風搖雨下，這一行人就這樣隨著大風大雨又過了一夜，等醒來時，早已是風平浪靜。

12.天神所賜樂土

　　沙灘上的螃蟹橫著走，在海水的沖蝕下翻了個跟斗，旁邊不知名的長腳蟲正拖著長長的腳在沙灘留下足印，還有螞蟻群忙碌地搬運著已死的蛆蟲，形成一條長長的慶典隊伍。天空裡的鷗鳥也來回不斷地飛舞著，低迴、高旋、俯衝、翻轉。除了海上美景，低矮的灌木叢林裡也不時可見小松鼠、野雞、野兔的身影。一道陽光從高空斜照在矮木林間，又返照在海面上，波光也趁著海水滲透到沙灘上。

　　Lono和Zawai被波光照醒，突然張了眼，兩人迷糊地起身，跌了一跤，各自甩了頭；Lono和Zawai看見眼前一切，張大了嘴巴卻說不出話來，不斷在原地跳躍，又向前奔跑了幾步，大叫了一聲，這一叫，驚醒了在沙灘覓食的鷗鳥群飛四起。他們看著翱翔在天空裡的鷗鳥，既驚訝又驚喜。

　　「Lono，這不是夢吧！」Zawai說。

　　「不，這不是夢，是真的。」Lono說。

　　「你是說這一大片沙灘是我們的？Lono，沙灘真的很大，

比我們以前住的島還大。」Zawai說。

「快，快叫醒大家。」Lono說。

Lono和Zawai跑回船上努力地把大家叫醒，大夥非常驚訝地看著Lono和Zawai。當兩個人帶著大家看著這一大片沙灘時，還有剛才被他們嚇走的鷗鳥又飛回來覓食了。

「這真是一個好地方。」Takid說。

「是好地方，我們得先看看有什麼地方可以建房子的。」Kunuzangan說。

「我去看看。」Lono說。

「我也去。」Zawai和Avango同時說出。

「好吧，找到地方立刻回來，希望在太陽下山以前能先有個房子棲身。」Kunuzangan說。

就這樣，大家分成好幾路各自尋找棲身安頓之地，Takid和Kunuzangan和幾名長者評估這裡的地形和地勢，於是派了兩名勇士駕船去巡邏。

「天神果然沒有忘記我們。」Kunuzangan說。

「是啊，賜給了我們這麼好的沙灘。」Takid說。

Kunuzangan沒有繼續說下去。

「我們海上夢幻王國樂土終於出現了。」Takid說。

「要建立長久的夢幻王國還差一點，那就是選個王國領導

人。」Kunuzangaan說。

「咦？你……」Takid說。

「Takid，我們都老了，等一切準備好，我們就開個村落大會，選一個領導人。」Kunuzangan說。

「不是意屬Lono嗎？」Takid說。

「心裡這麼想，還得經過大家同意。」Kunuzangan說。

兩個人看著散落在沙灘上覓食的鷗鳥突然飛起來了，原來是有小孩子在捉弄著這些覓食的鷗鳥。

13.Avango摔了一身泥

　　沿著沙灘往前走，有許多小溪流、草澤地、樹林。站在比較高的草坡地向外望，Lono發現這一帶也很寬闊。看著眼前這一片沙灘和大海，順著海岸邊兩側礁島浮出，真是個天然的好屏障。

　　「Lono，你看那邊好像有一條大河，要不要過去看看。」Zawai說。

　　「走吧！」

　　Lono和Zawai順著沙灘沼澤區往下走。

　　「這沙灘真是大啊，夠我們住在這裡了。」Zawai說。

　　「是啊，爸爸要建立的海上王國快要實現了。」Lono說。

　　有一隻野兔從草叢裡竄逃出來，Lono拿起弓箭一射，野兔瞬間倒地。

　　Zawai向前拾起野兔，笑著說：「你替大家找到晚餐了。」

　　Lono看著天色，說道：「我們得快點回去幫忙建屋子，明

天再去那條河看看。」

「房子要建在哪？」Zawai說。

「不知道。」Lono說。

「不會建在沙灘地吧？」Zawai說。

「回去看就知道了。」Lono說。

兩人帶著一隻野兔回去當贈禮。Lono看見Abas忙著從草澤地旁的小溪提水，向前要幫Abas提。

「Lono，你回來了，長老說房子就建在沙灘與草澤的高地上，你快去幫忙。」Abas說完就往一群女孩們的地方走去，幫忙生火煮炊。

Lono久久不能回神的看著Abas。

「看什麼，人家可是你的大嫂喲。」Zawai說。

Lono看著Zawai說：「什麼？」

「別以為我不知道你心裡想什麼？」Zawai說。

Lono不理Zawai，往另一邊走去。

Zawai將野兔放在籃子裡，Avango看見了，說：「這野兔是你獵到的？想不到第一天到這就這麼有收穫。」

「是Lono獵到的。」Zawai說。

「是嗎，Lono在哪？」Avango說。

「那裡。」Zawai往建房子的地方望去。

Avango看著Lono，他正在幫忙大家建房子。

「你要幫忙嗎？」Zawai說。

「什麼？」Avango說。

Zawai往建房子的地方走去，Avango也跟過去。正當大家忙著建房子，沒有注意到也來幫忙的Avango，Avango一個人獨自在草澤裡發現一隻水鴨，想抓來給大家當晚餐，沒想到一不小心跌進了沼澤理，嚇跑了水鴨，自己也身陷泥淖無法動彈。村民看見了，趕緊向Kunuzangan報告。當Kunuzangan來到沼澤地時，Takid已經將Avango從沼澤的救起，滿身泥濘。

「去海邊把身上洗乾淨吧。」Kunuzangan說。

「爸，我只是想抓那隻水鴨。」Avango說。

Kunuzangan看著四周，說道：「Takid，這附近一定有很多野獸，明天開始我們得訓練一批抓獵物的人。」

Avango看著Kunuzangan說：「讓我參加吧，我也想像Lono一樣學射箭。」

Takid拍著Avango的肩說：「那你現在就去海邊把身上的汙泥洗乾淨。」

「嗯。」Avango輕答一句，就走向海邊去了。

14.Lono抓到了水鴨

「誰讓他來這的？」Kunuzangan說。

「大哥，不能一直這樣，Avango也要學會保護自己。」Takid說。

Takid話才說完，看見村民手裡抓了隻水鴨要走了。

Kunuzangan看著水鴨說：「這麼快就被抓了。」

村民說：「是Lono抓的。」

Kunuzangan和Takid看著Lono從草澤地走出來。

「這地方真的很不一樣，爸。」Lono說。

Takid看著Lono和Zawai兩個人，Zawai正目光閃爍地看著Lono。

「這裡可以建一個我們心中的海上王國，這地方真的是海上夢幻樂園。」Lono說。

「你都看過了？」Kunuzangan說。

「沿著沙灘再走過去可以看見一條河，這條河的河口很大，兩邊都有草地和樹林。」Lono說。

「是真的？」Takid說。

「真的。」Lono說。

「那真是天神的禮物啊！」Takid說。

「爸——」Zawai說。

「Zawai，不管怎樣，這一切山林美景和大自然野食都是天神賜給村民的禮物。」Takid說。

「明天去看看。」Kunuzangan說完就走了。

Lono和Zawai兩個人高興地交握起雙手笑著。

15.流沙異象

　　三個月後，村落規模也日漸成形，原本大家擠在一起的大房子也變成了村落集會所。在這個集會所裡，大家共同商討村落大事。在這個海岸沙丘上，Kunuzangan和Takid建立了三個村落，分別是Hi-Fumashu、Baagu、Tamayan。為了慶祝村落誕生，村落會議決定依祖訓舉行祭天慶典，同時召喚海神為村落青年男女主婚祭典儀式。在這次祭典儀式中，村落也將選拔勇士，組成巡守隊，以保護村民和村落的安全。

　　這天，Abas提著竹籃要去草坡上採野食，Avango看見了Abas，並提議和她一同前往。

　　「我相信這次慶典一定會很成功。」Avango說。

　　「當然啦！」Abas笑著說。

　　看著Abas的笑容，Avango的心全融化了，他突然抓住Abas的手，「我也不會放棄這次讓海神替我作媒。」Avango說。

　　Abas低下頭，撥開Avango的手，繼續往前走。途中看見了許多村民搬著木材，竹管。

Abas問道：「你們要去哪？」。

「建瞭望台。」村民說。

「瞭望台是做什麼的？」Abas說。

「是保護村落用的。」Zawai突然冒出這句話。

「保護村落？」Avango問。

「即將舉行慶典，為了防止其他部落入侵，在村落四周架設高檯，每個高檯由村裡的勇士輪流看守，一有狀況，馬上回報。」Zawai說。

「這是誰的主意？」Abas露出笑容說。

「是Lono的主意。」Zawai說。

「Zawai，你在做什麼，快來幫我。」Lono從另一邊傳出這句話。

Lono拿著竹板，Zawai向前和他一起走向草坡地去了。

「我也來幫忙。」Abas說。

「Abas，你不是要採野食，讓Avango陪你去好了，我去幫Lono好了。」Piyan突然現身說。

Avango拉著Abas手往沼澤地走去，「今天我想去河那邊的沙洲看看。」Abas說。

「好，我們去。」Avango說。

Piyan看著Abas和Avango往沙洲上走去。

這時，Takid走過來，問道：「怎麼一個人在這裡？」

「我正要去草坡那裡。」Piyan說。

「草坡？是去找Zawai還是Lono？」Takid看著Piyan說。

「Piyan，Lono心裡沒有你，Zawai喜歡你，你應該知道我的意思了。」Takid繼續說。

「我……」Piyan欲言又止地看著Takid說。

「去沙灘那裡，我們聊聊。」Takid說。

沙灘上的海浪隨風勢的大小而變化著，海面下的礁岩浮起浮沉，村民的舢舨船在海面上點綴了大海，舢舨船和鯨一樣漂浮在滾動的水面上。

Takid看著海面，「你要替Lono想，那就要接受Zawai的感情，不要對Lono心存幻想。」Takid勸著說。

「我喜歡Lono，可是你不能叫我一定要和Zawai在一起。」Piyan說。

「你看這片大海，這片沙灘，是我們好不容易得來的地方。部落要生存下去，必須要有人出來領導，Lono就是以後要帶領各個村落生存下去的人。你不能不替他想想，他是無法顧及到你的，這一點你要了解。」Takid說。

「我不懂。」Piyan說。

當Takid想進一步說明的時候，卻傳來一陣慘叫聲。

　　「是Abas的叫聲，我們走！」Takid說完就往Abas的方向走去。

　　Abas被海底的礁岩刮傷了腳，流了血。Avango看著受傷的Abas束手無策，想替Abas止血，在沙灘上的草地裡找藥草卻一直找不到，結果不慎陷入了沙灘上的流沙動彈不得。

　　Avango半個身子在流沙之下，Takid找了一根木棒給Avango，想用力把Avango拉上來。這時，Kunuzangan的船隻從外海回來，他看見了Takid，立刻要大家協助Takid把Avango拉起來。

　　流沙總是流沙，任憑怎麼拉，Avango的身體卻越陷越深。有村民見到這情形，立刻到山坡上的樹林裡通知Lono。Lono聽見村民的轉述立刻趕往沙灘。當Lono抵達沙灘時，大家正在搶救Avango。

　　Takid看見Lono，就說：「你說這怎麼辦？」

　　Lono摸著地上的砂石，露出不可思議的面容，說：「從這些沙土來看，應該不可能出現流沙的。」

　　「是啊，我也正奇怪為什麼會有流沙出現。」Kunuzangan說。

　　Lono看著Abas腳上的傷，問說：「不要緊吧。」

　　「沒關係，剛才有敷上藥了。」Abas說。

　　「Lono，你要救我。」Avango從流沙中對Lono說出這

句話。

　　此時，說也奇怪，Avango這一句話一說出，流沙竟然將Avango高高地彈出然後拋向空中，Avango就不自主地降落在一個地面上，倒在Takid的面前。Takid立刻扶著他，Avango露出了痛苦的表情。

　　「流沙！」村民大叫說。

　　大家眼睜睜地看著流沙漸漸密合，然後流沙中又出現了一個大洞。

　　「這流沙怎麼會突然出現大洞呢？」Kunuzangan說。

　　「莫非有天象變異？」Takid說。

　　「看來大家在慶典期間要多多注意周圍的變化。」Kunuzangan說。

16.黑洞吞了Lono

此時，Zawai從草坡上回到沙灘。

「Zawai，你那裡有麻繩嗎？」Lono說。

「你要做什麼？」Zawai說。

Takid看著Lono將麻繩綁在自己身上，一端交給Zawai，然後靠近剛才流沙出現的大洞。

「Lono，不能冒險。」Takid說。

「沒問題的。」Lono說完之後，看著Zawai。

Kunuzangan看著Lono的舉動，斥責地說：「你不要再胡鬧，讓大家擔心。」

Lono看著大洞，一個很深很深又很黑暗的大洞。

Zawai的手發抖地拿著繩索對Lono說：「你不要緊吧？」

「回來，快回來。」Kunuzangan再一次大聲斥責地說。

這個時候，大洞突然冒出一陣濃濃白煙，將Lono和大家隔開。當所有人從白煙霧中醒來時，Lono已經不見了，那個大黑洞也消失了，恢復往日的沙灘那般。Takid命勇士在附近沙灘

用力地踏，深怕又出現流沙。

「流沙不見了，黑洞也不見了，Lono消失了。」Zawai焦急地說。

Kunuzangan看著眼前這一切，感到簡直不可思議，想著：「流沙把Lono帶去哪裡了？難道是剛才那個大黑洞帶走他的？」

「大家先回去，巡守隊繼續巡邏。」Kunuzangan說。

Abas站起身對Kunuzangan說：「我要在這裡等Lono回來。」

「不行，太危險了。」Avango大叫。

「Avango說得對，太危險了。」Kunuzangan說。

「可是，Lono是因為Avango才會被黑洞帶走的。」Abas說。

「Takid，先送他們回去。」Kunuzangan說。

Zawai看著消失的黑洞，又看著沙灘，又瞧瞧大海，心裡不禁大罵Lono：「你到底去了哪裡？」

天色漸漸泛紅轉泛黑的垂落一層黑紗披在大海上，籠罩整個村落，今晚的月光把所有矮木林和海水照得特別的亮麗。

17.Lono會缺席慶典嗎？

　　村落周邊的高架檯已經完成了，Zawai獨自站在高架檯上瞭望，果然如Lono所說，在這上面，可以把村落前方的大海看得非常清楚，一旦有船進入很快就會被發現。這片大海波濤洶湧，蘊藏著許多不為人知的祕密。這片沙灘讓Zawai想起了Lono被捲入沙灘黑洞的事，都過了兩天了，卻還沒有消息，這讓Zawai非常擔憂。慶典就要開始了，難道Lono會缺席慶典嗎？

　　Zawai走著走著，來到一個小木屋。這是Lono和他在山坡上打獵休息的地方，同時也是讓村民休息的地方，Zawai走進小木屋，已經有許多人在屋內了。

　　有村民問Zawai說：「都兩天了，還沒有Lono的消息嗎？」

　　「會不會就這樣消失了？」又有另一村民說。

　　當大家議論不定時，Zawai開口說：「放心，Lono不會離開我們的，我們村裡的勇士不會這麼消失的。相信我，Lono會

自己回來的。」

「真的會回來嗎？」村民說。

「會，Lono還要和大家一起建立海上夢幻王國，他不會忘記自己說的。」Zawai說。

「請你們一定要相信。」Zawai又繼續強調地說。

其實Zawai心裡比誰都擔心Lono的失蹤，只是現在不能表現出來。這是他從Lono身上學到的，想要領導村落就必須隱藏自己的情緒才能安撫大家。

「現在就開始輪流在高架樓上看守吧。」Zawai說。

Lono在村落前後都設有高架樓，讓村民都能看得清楚村落周圍的狀況。

「就讓輪守的人到高架樓上去看守。」村民說。

「嗯，我這就去告訴Kunuzangan。」Zawai說。

村民和Zawai一起離開小木屋，往村落的方向走去。

18.是天神要Lono失蹤嗎？

　　海面上往來的舢舨船不斷地進出沙灘靠岸，為了這次的慶典活動，村民開始活絡了起來。有好長的時間都在海上生活，很久沒這麼熱鬧過。Kunuzangan看著眼前這一切，心中也終於放下了一塊大石頭。

　　「村民很久沒這麼開心了。」Kunuzangan說。

　　「是啊，為了這次慶典的事，大家都很用心準備。」Takid說。

　　一群少年從沙灘上跑步，又轉向山坡上去了。

　　「這些少年為了慶典的長跑競賽在做準備。」Takid看著跑過去的這群少年說。

　　「是啊，我們也該退了。」Kunuzangan說。

　　「你怎麼都不擔心Lono失蹤的事？」Takid說。

　　Kunuzangan看著Takid，長嘆一口氣說：「如果這是天意，也就是天神要Lono失蹤，我著急也沒用。」

「是為了Avango嗎？大家都看得出來Avango根本無法領導村落，而你卻⋯⋯」Takid說。

「Takid，Avango是我的孩子我了解，Avango自知自己比不上Lono，連喜歡的女人都看上了Lono，如果再偏袒Lono，更會造成Avango的反抗，將來不知道會發生什麼事。」Kunuzangan說。

海上風浪越來越大了，從遠處可以看見有一艘船正在向沙灘航行過來。

有勇士來向Kunuzangan報告說：「有一艘船正在接近中。」

Kunuzangan立刻召集大家準備，在海上的村民趕快上岸，快快回到村落去，巡守隊也準備著出發到海岸邊等待進來的船隻。

19.初見沙土將軍

　　偌大的石柱之間，點綴著翠綠鮮豔的花草，有一群看起來像人一樣的樹木站在兩旁，這些是人形樹，而Lono躺在石柱旁的空地上。當Lono醒來的時候，看著四周的景物，感到陌生又害怕。Lono站了起來，從石柱旁沿著門口走進去，看見一座大宮殿，人形樹站兩旁，有一個怪獸面孔的人從宮殿大門走出來，看見Lono，便對他說：「沙土將軍等你很久了。」

　　怪獸說完就走了進去，但Lono說什麼也沒動一步，倒被人形樹趕著走進了宮殿裡。宮殿的正中央，坐了一個人，Lono心裡想著這個人就是怪獸說的沙土將軍。

　　Lono正在遲疑的時候，沙土將軍說：「你就是Lono，很冒昧把你抓來。」

　　「你有什麼事？」Lono說。

　　「我受沙灘之神的命令負責找到你，並且有事情要你去完成。」沙土將軍說。

　　「沙灘之神？難道沙灘之神不知道我的村落正要舉行慶典

祭天神嗎？」Lono說。

「當然知道。」沙土將軍說。

「那為什麼抓我來？」Lono說。

「我說了是有任務要你去完成，這也是天神的旨意。」沙土將軍說。

「什麼任務？」Lono說。

「這任務就是你必須和海神派的女將完婚，建立一個新村落，結合現在的村落建立一個海上王國。」沙土將軍說。

「什麼？」Lono被弄糊塗了，吃驚地說出這句話。

「在這個地方要建立一個萬世萬代的海上王國必須靠海神的協助，以確保這裡的沙灘不會被入侵，破壞。」沙土將軍說。

「海上王國？」Lono說。

「這不正是你心裡想的嗎？沙灘之神想幫助你完成心願，不過你必須協助海神保護這大海。」沙土將軍說。

「建立海上夢幻王國是為了保護村民和村落還有一大片山海美景，不是為了我。」Lono說。

「我知道，繁榮村落，增加人口和後代子孫也是村落長長久久的生存之道。」沙土將軍說。

「咦？」Lono輕嘆一句。

「這個島在未來會引發一場風暴，這裡的山海美景也會遭受到破壞，唯有建立海上王國才能保存下來。」沙土將軍說。

「建立王國的領導人不是我，而是我父兄。」Lono說。

「你是天神的指定者，沙灘之神的守護者，海上王國的創立者，記住唯有建立海上王國才能確保這個島上的這塊夢幻之地才能在千年以後保存下來。」沙土將軍說。

「萬世萬代的海上王國。」Lono說。

沙土將軍點點頭。

「我怎麼知道海神派什麼人來？」Lono說。

「等你回到村落時會有一艘船，船上有一個叫做Saya公主，她就是海神派來協助你的。」沙土將軍說。

當Lono正在沉思猶豫的時候，沙土將軍揮手讓人形樹走到Lono身旁，然後對人形樹說：「帶他回去。」

「沙土將軍……」

Lono話還沒說完，沙土將軍大力一揮，出現白煙，然後Lono和人形樹不見了，消失了。

20.Saya公主

　　海上風浪平靜，村民的生活照常不變，只是出海捕魚變成了沙灘上撿拾貝類，腳程好一點的村民就往山坡上和沼澤區打獵。

　　「那艘船越來越接近了。」Takid說。

　　「這怎麼辦？」Avango說。

　　「你看見Zawai沒有？」Takid說。

　　「他說要去河流那邊捕魚。」Avango說。

　　Takid沒有說話。Avango看著海面，看著那艘前進的大船和村民的舢舨船交疊在海上。

　　「叔叔，我想練箭和跑步。」Avango說。

　　「咦？」Takid看著Avango輕嘆地說。

　　「我也想跟Zawai和Lono一樣做個能夠保護大家的勇士。」Avango說。「Avango，你真的這麼想？」Takid說。

　　「我一直都這麼想，是我身體太弱了，爸爸才不讓我練箭。」Avango說。「你想練箭？」Takid說。

「嗯，這幾天我一個人在樹林裡看見大家都很努力練箭、跑步，我也參加了，你看我不是都好好的？而且我發現練了跑步以後，我身體變得好很多了。」Avango說。

「這是真的？」Takid說。

一群正準備練習跑步的巡守隊迎面過來，Avango和他們打個招呼，就跟上去了。

當Avango離開之後，Kunuzangan走過來，問道：「剛才那是Avango嗎？」

「是啊，他說跑步對他的身體好很多了。」Takid說。

「從小身體就多病的Avango，沒想到也能自己跑步。」Kunuzangan說。

「大哥，或許你以前太寵他了，現在就讓他自己決定吧！」Takid說。

沿著荒草坡，跨過沼澤地，Avango一步一步走，有一個勇士射中一隻野兔，大夥都很高興。

有人說：「這隻野兔射了三次才中，可真會跑啊。」

「如果是Lono的話，這隻野兔哪有逃命機會，一次就射中了。」又一勇士說。

「是啊，Lono的箭法真的神準啊，有一次我看見他連天上飛的鴿鳥都能射中。」有人讚揚地說。

Avango聽在耳裡雖不是很好，但也替Lono高興。此時草澤地出現了女孩們的笑聲，原來是來採野食和藥草的。Avango看見了Abas，當他向Abas靠近後，Abas很驚訝Avango手拿著弓箭的樣子像一個十足的勇士。

　　「什麼時候開始練箭了？」Abas說。

　　「從Lono失蹤那天開始，我就對自己發誓，我要靠自己的力量保護妳。」Avango說。

　　Abas低下頭繼續尋找草藥，Avango拉起Abas的手說：「給我一個機會證明，我和Lono一樣有能力保護妳。」

　　「Avango──」Abas輕輕的說。

　　當Avango想繼續說下去時卻聽見有人大叫說：「Kunuzangan和Takid被海盜抓走了。」

　　眾人往海岸沙灘聚集起來。

　　「走。」Avango說。

　　巡守隊勇士和Avango以及Abas也跟著過去。

　　「你放了Takid，留著我，保障你們的安全。」Kunuzangan說。

　　「大哥。」Takid說。

　　「海盜，你們放了我們吧。」Takid繼續說。

　　「海盜？跟你們說過我們不是海盜。」海龍將軍說。

　　此時船上出現另外一個人對海龍將軍說：「放了他們。」

「這……海龜將軍。」海龍將軍支吾了起來，不過也順從地放走了Kunuzangan和Takid兩人。

海龍將軍走回到船上，正要說話，船艙裡走出一個美若天仙的女子。

「公主。」海龍和海龜將軍同時說出這句話。

Saya公主看著沙灘上的村民，說：「聽說這裡要舉行慶典，我們是來參加慶典的，剛才有得罪之處，請見諒。」

「要參加慶典？我們不邀請別人的。」Takid說。

「是嗎？」Saya公主說。

「是的，你大概弄錯地方了。」Kunuzangan說。

「你們這裡不是有一個叫Lono的勇士嗎？不，是Lono王子。」Saya公主說。

「說的Lono是誰？」Takid說完，看了Kunuzangan一眼。

「看來他還沒有回來，我們就在這等他好了。」

Saya公主說完之後向海龍將軍和海龜將軍點頭就回船艙去了，留下眾人一臉迷惑。

「難道這女人是來找Lono的？」Piyan說。

Piyan想了一會，趕緊跑回家找Zawai，想告訴Zawai這裡發生的一切事情。

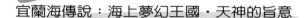

21.設壇祭天

　　活絡的村民活動一點都沒有因為Saya公主的船來到而受到
影響，照常在山坡上、海岸邊忙碌著。為了此次的慶典活動，
村落的市集也漸漸形成。Kunuzangan和Takid巡視著村落裡的
每個角落，在市集裡問候大家時，每個村民都回問了一個相同
的問題，那就是：「Lono什麼時候回來？」Kunuzangan總是
避而不答。

　　今天，Kunuzangan來到集會所，他看見了大祭司，便問
道：「大祭司要開壇了？」

　　「我接到天命，感受到Lono的消息。」大祭司說。

　　「咦？」Kunuzangan輕輕說出。

　　雖然Kunuzangan表現得看不出來，其實在他心裡比誰都在
乎Lono的生死。

　　「大祭司如果能解開村民的疑問，那快點設壇吧！Takid
交代下去。」Kunuzangan說。

　　「是。」Takid應答。

　　大祭司在村落外的沙灘設壇祭天，當大祭司口中念念有詞的施法唸咒，天空裡降下一道白光之後又閃電而消失，大祭司驚嚇地收回器具。

　　「大祭司，怎麼了？」Takid說。

　　「大祭司，是不是發生了什麼事？」Avango說。

　　「有人會死。」大祭司說。

　　大祭司話一說出口，村民開始議論紛紛，大家對Lono的生死抱著存疑的態度。

　　另外一邊，Saya公主看見天空裡閃著一道白光，心中盤算了一下，「有人施咒語，去查看看。」Saya公主對海龜將軍說。

　　此時，海龍將軍回到船上，「Saya公主，村落設祭壇。」海龍將軍說。

　　「難道剛才那道白光……」

　　海龜將軍話沒有說完，Saya公主立刻走出了船，站在海岸邊的沙灘上，Saya公主看見一群人，「他們是為了Lono的事在請大祭司祭天。」海龍將軍說。

　　「Saya公主，那道白光是什麼意思？難道說Lono……」海龜將軍說。

　　「不，不是Lono，是另有其人。」Saya公主說。

Saya公主帶著海龍將軍和海龜將軍往祭壇的方向走去，Saya公主看見了村裡的人都聚集在這裡。

「你們想幹什麼？」Takid說。

「你們不要亂來。」Zawai說。

Saya公主搖搖頭沒有回答，卻面對大祭司問道：「你得到天神什麼旨意？」

「不知道。」大祭司說。

「是不知道，還是不敢說？」Saya公主說。

「你，什麼意思？」大祭司著急地說。

Saya公主笑笑地沒有回答。

Kunuzangan看著Saya公主，又看看大祭司，然後對大祭司說：「天神有什麼旨意不能說的？快說。」

「這……」大祭司還是沒有說出來。

「那你知道什麼？」Takid對著Saya公主說。

Saya公主笑著注視眾人，不發一語。

此時村民跑來報告說：「在河流旁的沙洲發現了Lono！」

眾人聞言驚喜，七嘴八舌議論紛紛。Zawai立刻和巡守隊離開前往河流沙洲去了。

22.與不知名族群戰鬥

　　村民紛紛將舢舨船靠岸，圍觀過來，看著躺著在沙灘上的Lono。

　　一個村民向前探望了一下，說：「還有呼吸，Lono還活著。」

　　此話一出，眾人露出欣喜的笑容。當有人提議將Lono抬回村裡的時候，Lono慢慢睜開眼睛，被強光照得瞇著眼睛。

　　「醒了，Lono醒了。」村民說。

　　村民將Lono扶起來。

　　Lono站直了身子，看著大家，說：「讓你們擔心了。」

　　「快回去！大家都很擔心你，大祭司還因此設壇祭天呢！」村民說。

　　「嗯。」Lono輕回一句。

　　Lono隨著村民走回村落，在途中遇見了Zawai。

　　Zawai看見Lono，「沒事吧。」Zawai說。

　　「沒事。」Lono說。Lono看著Zawzi和大夥說：「我們回

去吧。」

眾人一起走回村落。

在此同時，海龜將軍和Kunuzangan二人各自為了Saya公主和大祭司的話心裡正納悶著，放心不下。就在海龜將軍想說什麼的時候，突然一支箭射過來，眼前立刻出現一群陌生人。

「他們是什麼人？」Kunuzangan說。

「不清楚，好像是越過了沼澤穿過山坡來到這裡的。」Takid說。

「不能讓他們破壞這裡。」Kunuzangan說完，拿起長刀防衛起來。

兩派人馬已經開始有了攻擊的味道了，。

「Saya公主，這怎麼辦？」海龍將軍說。

「看情況。」Saya公主說。

Zawai和Lono看見Kunuzangan及Takid正在和另一批人馬打鬥時。

「這是什麼？」Zawai說。

「有人來挑戰了。」Lono說。

「Zawai……」Lono看著Zawai繼續說。

Zawai靠向巡守隊也進入打鬥場面。

「Zawai，是你。」Avango說。

「嗯，Lono也來了。」Zawai往Lono看去。

Avango看見Lono拚命地與敵人戰鬥，內心裡也開始燃起一股保護村落的責任感。當Avango再度拿起刀時，突然被箭射中倒地了。忍著傷痛的Avango又站起來，Kunuzangan看見了受傷的Avango，立刻向前護著他。

「爸，我沒事的。」Avango說。

「你……」Kunuzangan輕輕說出。

Kunuzangan為了護著Avango，一個不小心被砍傷了。

「爸！」Avango叫了一聲。

眾人大驚一場。此時從遠處射出一支箭又射中了Kunuzangan，Kunuzangan應聲倒地。

「保護Kunuzangan。」Takid說。

村民立刻圍了起來，Lono看著站在遠處拿著弓箭的人，Lono從村民的身上拿起了弓箭，瞄準長射一出，射中了那個拿弓箭的人，那人馬上倒了下來，也讓對方嚇得停止攻擊。

「該我們上場了。」Saya公主說。

海龍將軍和海龜將軍擋在兩派人馬之間。

「你們先送Kunuzangan回去吧，這裡留給我們。」Saya公主說。

「怎能信得過你？」Zawai說。

Saya公主看著Zawai又看看Lono，轉向大家，說道：「信不過也得信，因為你們沒有別的選擇。」

　　Lono看著Saya公主和她身邊的兩位將軍，然後對村民說：「大家先回去休息，這裡有我和Zawai留著。」

　　有了Lono的一句話，村民放心地離開了。

　　來犯的不知名族群非常生氣地看著自己首領被殺了，怒沖沖地走之前留下一句話：「有夠狠！」

　　Lono看著這一群人快速地往山坡走去，Zawai想追過去，被Lono揮手制止了。

　　「現在我們傷兵薄弱，不是他們的對手。」Lono說。

　　Saya公主看著Lono，說道：「你大概就是我要找的Lono王子吧！」

　　「妳是誰？」Lono說。

　　「我叫Saya，在這裡等你很久了，今日有此一見，真是幸會。」Saya公主說。

　　Lono腦海裡立刻浮現沙土將軍的話：「有一個叫Saya公主的女人，她就是海神派來協助你建立夢幻樂土的人。」

　　Lono沒有任何動作，只對Saya公主笑笑著。

　　「看來以後村落的防衛要加強一點了。」Lono說。

　　「咦？」Zawai輕輕說出。

　　Saya公主和Lono在沙灘上聊了起來，兩位將軍只能遠遠地守著他們。

　　此時，天空裡閃爍亮麗的雲彩多變而渺茫，不也是Lono未來的人生多變而夢幻嗎？

23.還好村民傷得不嚴重

　　集會所裡的村醫正在為受傷的村民療傷，Avango也在村醫的照顧下傷勢穩定下來。Abas正在照顧其他傷患，Avango露出微笑看著她。

　　Kunuzangan從屋外走進來，手臂上包著傷口，「大家都還好吧。」Kunuzangan說。

　　「傷患都穩住傷勢了。」村醫說。

　　「還好大家傷得不重，看來村落的防衛系統要加強了。」Takid說。

　　「是啊。」Kunuzangan說。

　　「那之前Lono說要建立一支真正的巡守隊保護村落的安全，大伯，你是同意了？」Zawai說。

　　「建立巡守隊？哪有那麼容易的？」Takid說。

　　「Lono說只要在慶典的時候舉辦勇士選拔，通過考驗的就可以成為巡守隊員。巡守隊員除了在村落巡視以外，還要輪流駐守在村落外的高架檯觀望村外的狀況，然後通知大

家。這次來攻擊我們的人就是從山上來的，因為高架檯沒有人看守，所以我們沒辦法事先防備，才會被他們入侵進來的。」Zawai說。

「這麼說來當初你和Lono建立高架檯就是為了這個原因，為什麼不早說？」Takid說。

「是想說了，誰知道後來發生沙灘黑洞的事，Lono不見了……」Zawai說。

Takid想說什麼又止住了，Talid看了Kunuzangan一眼，兩個人都搖頭嘆了一口氣。

「那現在Lono在哪？」Avango說。

「在沙灘上和Saya公主在一起。」Zawai說。

「和那個海盜？」Avango說。

「她不是海盜，Avango。」Zawai說。

「你怎麼知道？」Piyan說。

「如果Saya要真是海盜，我們還能活得好好的？」Zawai說。

「好了，不要說了，去看看Lono。」Kunuzangan說。

「我去好了，你傷勢還沒好，要多休息。我去找Lono。」Takid說。

「順便找大祭司，問問慶典的事準備得如何？」

Kunuzangan說。

「嗯。」Takid輕回一句就離開屋內。

Zawai和Piyan也跟著出去。Abas放下手中的藥草向屋外張望一下之後也跟著出去了，屋內留下Avango、Kunuzangan和其他受傷的村民。

24.自古美人配英雄

　　Takid一行人來到沙灘，卻被海龍和海龜兩位將軍阻擋下來，大夥看著Lono和Saya公主有說有笑。Saya公主臉上的笑容看來，彷彿與Lono是天生注定的一對。Piyan打從心裡開始有點不悅的感覺。

　　Zawai看見Piyan臉上的表情，對Piyan說：「你不覺得他們很像大海上出現的神仙眷侶嗎？」

　　Piyan狠狠瞪了Zawai一眼，這情形被Abas看見了，她覺得那個叫Saya公主的真的很漂亮，自古美人配英雄，因此不自覺地突然冒出一句：「他們真的很相配。」

　　Zawai和Piyan兩人看著Abas，Abas藉口還有事就轉身離去了。

　　在海龍和海龜將軍的阻擋下，眾人只好失望而歸，各自回到村落住所。海龍和海龜將軍正在猶豫要不要通知Saya公主的時候，看見Saya公主和Lono正在走過來。

Saya公主對海龜將軍說：「找個可以容納船隻停靠的海岸又不會影響村民進出，今晚我們要住在村裡。」

「咦？公主，村民還沒有完全接受我們。」海龍將軍說。

「是啊，這樣太危險了。」海龜將軍說。

「有Lono王子替我們說情，放心吧！」Saya公主邊說邊看著Lono。

海龜將軍半存疑的走向海岸，準備上船。

「去幫忙海龜將軍吧。」Saya公主對海龍將軍說。

Lono偕同Saya公主往Baagu村走去，開口說道：「Baagu村目前村民比較少，很容易溝通，Tamayan村和Hi-Fumashu村是我父親和叔叔Takid目前居住的村落，村民較多，今晚我會跟你住在Baagu村。」

「多謝王子。」Saya公主說。

Lono露出淺淺笑意，說：「你不要叫我王子，這樣挺難為情的。」

「是嗎？你的父親是村落首領，身為首領的兒子不能稱為王子嗎？」Saya公主說。

「話是沒錯，可是我不希望在村民之間造成一道牆，這樣處理事情時會比較有阻礙。」Lono說。

Saya公主露出淺淺笑容，兩人在笑意中度過美好的夜晚。

25.異床同夢

清晨的海上微露著曙光，清晨的海面炫染了天空裡泛多彩的雲層，那泛紫帶灰的雲層夾雜著泛黃帶橙的色彩照映在海面上，陸陸續續在海上作業的船隻已經在海岸邊等待出海，倦鳥經過一夜的休息之後也開始騰飛而起，呼朋引伴喚醒著沉睡的大地。沼澤裡活動了一整夜的夜行蟲也該休息了，輪到了白天的值班者出來活躍。清晨裡的樹林擁有最和諧的節奏聲，松鼠低吟，猿猴鳴叫，野鹿奔騰，山雞的晨曉活躍了山坡，也活躍了海上，不斷地在空中盤旋的飛鳥提醒著大地甦醒了。

村民依序著在海岸邊捕撈，洗滌衣裳和農具，勇士們在山坡上尋找獵物足跡。Abas和Piyan兩人在草澤地裡採草藥，途中經過的山坡路卻看見Lono王子和Saya公主在樹林邊閒聊。

「想不到那個叫Saya的公主這麼快就得到Lono的喜愛了。」Piyan說。

「你在胡說什麼？人家明明就是很配的一對。」Abas說。

Piyan看了Abas一眼，Abas沒有理會Piyan，繼續往前走。

此時，Lono和Saya已經繞過山坡路直走下山往村裡去了。

「Saya公主，昨夜一夜未眠，要不要休息一會？」Lono說。

「也好。」Saya公主說。

Lono帶Saya公主走進一個房子。

「你就在這裡面休息，我在外面給你看著。」Lono說。

「不用了，你也一夜沒休息，還是回去休息吧，這兒有海龍和海龜將軍守著，我不會有事的。」Saya公主說。

「好吧，我就睡在隔壁，有事通報一聲。」Lono說完就離開屋子。

Saya公主準備躺下休息，海龍和海龜將軍關上門，在門外守著。Lono可能忙得累了，一回到屋子躺下就睡著了。

說也奇怪，Lono和Saya竟然做了一個相同的夢：

　　Lono和Saya共同駕著一艘船，獨自漂流在海上，當兩人被海上波光粼粼的亮麗美景吸引住的時候，突然一陣巨浪浮現，在巨浪中浮出一個女子，這個女子自稱海神。

　　海神告訴他們：「為何還不聯手整治村落以保護夢幻樂土？」

　　Saya和Lono驚嚇地看著海神，海神手一揮，說：

「去做你們該做的事吧。」

　　海神說完，就從巨浪中消失了。

　　Saya公主從夢中驚醒，呆坐在床上想著剛才的夢境。同樣地，Lono也被夢境嚇醒，坐在床沿想著：夢境裡海神的話，竟然和沙土將軍一樣，要他保護村落，守住夢幻樂土。

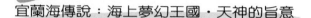

26.聯婚大典

　　Kunuzangan在村落裡和大祭司商討著祭典的事，希望在祭天神與海神之後就要準備慶典。今晚是慶典儀式的開始，村民早早回港上岸，準備著慶典用的豐盛晚餐。村落市集裡擺滿了陶碗、石具、獸皮、魚乾、乾藻等貨物，醃製的山豬肉和鹿肉更是迷惑了村民的胃，小米酒的誘惑讓人不得不想醉個三天三夜。大祭司設壇祭典完畢，算是完成了一件村落大事。

　　此時有人回報說：「Lono把Saya公主藏在Baagu村，甚至要Saya公主常住下來。」

　　Kunuzangan聽到這消息，立刻派人去了解，在村落集會所等待消息。

　　Takid來到了集會所，說：「大哥，先別管了，還有一項儀式還沒做，村落聯婚儀式主婚大典。」Takid說

　　Kunuzangan想著這件事對大祭司說：「大祭司，又麻煩你了。」

　　Kunuzangan吩咐下去，所有要參加聯婚的男女到祭壇邊由大祭司主持，完成結婚儀式。

　　Abas在村裡少女們的巧心裝扮下顯得特別美麗，Abas就要和Avango完婚，Piyan和Zawai也要在這次慶典中完成終身大事，兩個女人心繫著心愛的男人Lono卻沒有到場參加。Avango心儀Abas很久，卻在上次村落遭到攻擊時的努力表現意外獲得了Abas的感動，所以Abas決定和Avango結婚。

　　Piyan是因為Zawai常在Lono身邊，為了能近距離看見Lono，只好接受Zawai的感情。Zawai的表現越來越讓人覺得有大將之風了，尤其是上次在村落遭到攻擊的時候，Zawai在隔天就帶著一批勇士上山巡邏，大大展現其勇猛負責之姿。

　　當村落裡正準備著聯婚大典時，Lono和Saya公主卻在做著甜蜜的美夢。當美夢被驚醒的Lono和Saya公主兩個人各自起床後站在屋外相望，似乎在傳達著什麼不為人知的訊息。熱熱鬧鬧的市集活絡了村民的生活，海龍將軍和海龜將軍得到Saya公主的首肯，兩人在村落市集裡閒逛了起來。屋內只留下Lono和Saya公主兩個人足不出戶地思索著，一直到夜晚的星空灑下第一道光芒。

27.出現大腳怪獸

　　村民們圍著營火盡情歌唱跳舞享受著慶典的歡樂，更期待下一個慶典豐收日。少男少女在星光的陪襯下在海岸邊許下心願，情定終身。在山林中聆聽夜鶯歌唱，風聲交雜著溪流聲。村落間有不少勇士在來回巡邏著，這是Lono組成的第一支村落巡守隊。為了讓村民能夠安心地享受慶典的歡樂氣氛，有些人必須犧牲自己的娛樂來保護村民和家園。

　　雖然剛新婚，Zawai沒有忘記自己的職責，仍然帶著一巡守隊在村落巡邏。Avango看見了Zawai，央求Zawai答應讓他加入巡邏的隊伍。Zawai在無可奈何的情形下只好答應了，他讓Avango帶著一批人到海岸邊巡邏，自己則帶著另一批往山坡上去了。山坡上曾經有不明部落來襲，Zawai這樣做是為了保護Avango，但Zawai這樣保護卻讓Avango親眼見到對村落最大的威脅是來自海上。

　　海龍將軍看見Avango往海岸邊走去，正在想著要不要回報，海龜將軍正好走過來。

「怎麼了？在想什麼？」海龜將軍說。

「我看見Avango往海邊去了。」海龍將軍說。

「什麼？」海龜將軍驚嘆一聲。

「而且還帶了一批巡守隊過去。」海龍將軍說。

「這……」海龜將軍彷彿有所猶豫地說。

「你是不是也在想要不要告訴Saya公主和Lono王子？」海龍將軍說。

話說越晚越熱鬧，風平浪靜的海面上竟然出現了大腳怪獸。巡邏的勇士們看見海上出現了海怪，立刻將停留在海邊的村民趕回到村落。Avango看著海怪伸出長爪子不斷地拍打水面濺起水花，過了數分鐘之後又沉沒海底。Avango要巡守隊員保密，不可以說出大海裡有海怪的事，以免引起村民的恐慌。巡守隊員一時之間過度害怕與驚嚇，因此滿口答應了Avango。

28.通知大家應變

　　慶典總算順利圓滿地結束，海面上沒有再出現海怪，這是Avango感到欣慰的地方。他的生活步調一如往常，除了出海捕魚，就是不時地帶著巡守隊四處巡邏。巡守隊員還是有些害怕海怪再次出現危害村民。誰知，就在Avango出言訓斥巡守隊的時候，海怪出現了，還抓走了兩名村民。海怪在海面上漂浮，村民被捉在牠的手爪上掙扎著。

　　Avango看見此一情景，立刻張弓搭箭射海怪，卻被巡守隊員制止說：「萬一海怪鬆手，村民不就掉下去了？」

　　Avango沒有說話，收起弓箭，另派巡守隊通知長老、父親和大祭司來。

　　Kunuzangan和Takid兩人在村落間的市集走著。

　　「Lono還在Baagu村嗎？」Kunuzangan說。

　　「聽說到沙灘南邊一點的沙灘上架起屋子住下來了。」Takid說。

「是嗎？跟Saya公主在一起。」Kunuzangan說。「你要去看看嗎？」Takid說。

Takid說到Kunuzangan的心底去了。Kunuzangan表面上不掛心Lono，其實卻挺擔心的。慶典期間如果不是Lono的細心安排，村落怎麼可能這麼平安順利地度過呢?!正當Kunuzangan和Takid要往南方河流走時，巡守隊來到面前。

「發生什麼事？」Takid說。

「有海怪。」巡守隊員說。

「海怪？在哪？」Takid說。

「在海邊。」巡守隊員說。

「走，到海岸去。」Kunuzangan說完，就直往海岸走去。

在此同時，另一個巡守隊員也跑來向Lono報告說有海怪的事，Lono和Saya兩人立刻前往海岸邊。

走到一半的時候，Lono突然停下來說：「有人受傷嗎？」

巡守隊員說：「有兩個村民被海怪抓走了。」

「你去通知Zawai加強沼澤地的巡邏。」Lono吩咐巡守隊員說。

「你是怕大家都到海岸，山坡上會有危險？」Saya說。

Lono沒有回答，繼續往海岸走。

29.海神的守護者

　　大祭司已經下令封鎖海岸了，所有的人都被禁止前往海邊。大祭司正在與海怪溝通，希望能放回被抓的村民，可是效果不怎麼好。海怪一隻爪子抓住村民，一隻爪子在海面上彈起水柱。這時候，有一艘舢舨船脫了鉤在海岸邊漂流，村民心裡驚訝卻不敢出聲警告。海怪將被抓的兩位村民放在脫鉤的船上，爪子一推，船浮上了沙灘。村民嚇得趕緊下船，海怪又再度掀起水柱向岸上潑來，打濕了岸上的人，也弄倒了大祭司的祭壇。大祭司重新擺好祭壇，海怪又一次掀起水柱，水柱直沖而上又直落而下。

　　Lono看見這狀況，徵詢大家：「要怎樣才能收服海怪呢？」

　　此時，村裡一個巡守隊員靠近Lono身邊，說道：「其實海怪在慶典的時候就出現了。」

　　「咦？你說什麼？」Lono反問他。

　　「慶典期間，某個夜晚，有個巡守隊員跟著Avango去海邊

巡邏的時候就發現海怪了，是Avango要巡守隊員不能說出去，怕影響村民的生活。」巡守隊員說。

「這麼說，Avango早就知道海怪存在囉？」Saya公主說。

Lono遲疑了一下，拉著Saya公主，卻往另一邊沙灘走。

「你想幹嘛？」Saya公主說。

「坐船啊！」Lono說。

「坐船？去哪？」Saya說。

「Saya公主，你快上船。」Lono說。

等Saya上了船之後，Lono也上了船，划著槳浮過海面。村民看著Lono越划越接近海怪了，然後，Lono停下船身看著海怪。海怪用爪子揮了又揮，頓時安靜下來了。

「Lono，你怎麼了？」Saya公主說。

「海怪有話要跟我說，Saya公主，你先回去等我。」Lono說。

Saya公主看著Lono，Lono推推海怪，海怪用爪子將Lono很快地捲入海底，海面又恢復了寧靜。村民看著這一幕，覺得真不可思議！大祭司立刻搖動法器，口中念念有詞。Saya公主的船平安靠岸了，但是，Lono這次又被海怪抓去哪裡呢？大祭司竟然不發一語。

過了一會兒，不等Kunuzangan逼問，大祭司自己卻開口說

了：「Lono王子即將成為海神的守護者，守護村落。」

「海神的守護者？那不就等於村落的領導人？」村民說。

「大祭司真的接到這樣的天命？」Takid說。

大祭司點點頭。

大祭司向Saya公主看去，說道：「你是不是該出面了？」

Saya公主感到很意外，大祭司竟然會這樣對她說，引起眾人紛紛議論。

「Saya公主，為了村民，你就明說吧。」Kunuzangan說。

「海龍、海龜，你們去把Lono王子救上來吧！」Saya公主對兩位將軍說。

「是，公主。」海龍將軍和海龜將軍話一說完就往海裡縱身一跳，潛入海底去了。

大祭司見到此情此景，立刻對在場的村民說：「大家放心，Lono王子很快就會回來了。」

「現在大家先回去，靜待消息。」Kunuzangan說。

大祭司收起法器，準備離開。

「大祭司，Lono王子還沒有回來，你怎麼可以先走？」村民說。

大祭司笑笑，Avango看著大祭司離開，眾人也跟著離開，只留下Avango和Saya公主兩個人，巡守隊員向四周張望警戒著。

此時，Zawai來到海岸邊，看見了Avango，開口問道：「聽說Lono被海怪抓走了？」

Avango點點頭。Zawai有點感到納悶的時候卻看見Saya公主走過來。

「你怎麼也來了？」Saya公主對Zawai說。

「Lono他……」Zawai話說到一半就停住了。

「沒問題的，先回去吧，海龍、海龜會順利地帶他回來的。」Saya公主說。

Zawai和Avango有點驚訝，但不得不接受建議，兩個人只好先回到村子。不過，村落的巡邏工作還是得繼續進行。

海面上確實平靜很多，潔白的沙灘像是根本沒發生過什麼事似的。舢舨船在海岸邊穿梭，沙灘上的貴客——大腳蟹和不知名的蟲子，依然悠閒地爬來爬去。

30.不能漠視海神的旨意

集會所裡擠滿了前來開會的村民，大家對於Saya公主的出現不能再漠視不管而意見紛紛。

今日，大祭司當著大家的面說：「Saya公主是海神的守護者，大家不能漠視海神的旨意。」

眾人面面相覷，彼此議論道：「我們該拿Saya公主怎麼辦？」

「如果Saya公主真是海神派來的，這片沙灘的守護者，我們沒有理由拒絕Saya公主留下來。」Takid說。

「村落很需要這片沙灘來養活家人，我們是海上生活的人，不能失去大海啊。」村民說。

村民你一言我一語地議論著。

Kunuzangan也認真思索著Saya公主來這裡的原因，他自言自語道：「難道海神要Saya公主和Lono結婚，讓Lono順利成為村落王子，成為村落領導人？」

「咦？」Takid輕輕地說出。

　　「我們心中的海上王國即將要實現了。」Kunuzangan說。

　　「你是說我們期待已久的海上夢幻王國在這片沙灘上成立？」Takid說。

　　村民聽到Takid的話紛紛點頭附和，贊同之聲此起彼落。

　　現在村落裡人人都已認定Lono王子是海上王國的領導人，在整個村落裡紛紛為即將到來的新王子祝福著。只是Lono王子現在人在哪裡呢？這也是村民疑惑的地方。

31.海葵姑娘

　　海怪把Lono王子抓進海底龍宮，宮殿裡亮麗輝煌的建築閃耀動人，小海魚和海草不斷地來回漂浮著，海怪早已消失不見了，留下Lono王子一個人沉睡著。海魚和海草化身侍衛和侍女不斷地來回穿梭，海葵姑娘從外頭走進來，聽到侍女們說有新客人，馬上就往Lono的臥處走去。

　　Lono這時已經醒來，他睜開眼睛四處張望，看見周圍有這麼多侍衛和侍女，心裡正納悶著，才想開口說話時，海葵姑娘走進來了。

　　海葵姑娘指示侍衛和侍女到門外守候，Lono看著她說：「這是什麼地方？」

　　「是海底龍宮啊！」海葵姑娘說。

　　「海底龍宮？不對，我記得我是被海怪抓……」Lono突然一陣頭暈，話也中斷了。

　　「這裡確實是海底龍宮。龍宮很大，你不要到處走，要是迷路了，回不來，就沒辦法救你了。」海葵姑娘說。

「你是什麼人？」Lono王子說。

「我叫海葵，是Saya公主的好姊妹。」海葵姑娘說。

「你認識Saya公主？」Lono王子說。

海葵姑娘笑一笑，看著眼前這位Lono王子，啥話也不答。

過了不久，侍衛從門外說：「海龜將軍來了。」

「讓他進來。」海葵姑娘說。

海龜將軍、海龍將軍進了屋內之後向海葵姑娘行個禮，又看看Lono王子。

「海龍將軍、海龜將軍，你們怎麼來了？」Lono王子說。

「我們是奉Saya公主的命令來接你回去的。」海龜將軍說。

「Saya公主知道我在這？」Lono王子說。

海葵姑娘對Lono王子說：「你身負海上王國之重責，保護大海沙灘，還有你的村落，這是他們要保護你的理由。」

「海上夢幻王國？」Lono王子輕聲低吟地說。

「為什麼海葵姑娘和沙土將軍說的話一模一樣？」Lono王子又從心底敲出這句話。只是Lono王子好像還沒準備好接受這項重責。保護村落、守護家園是每個村落的勇士想做的，守護大海等於守住了家園，失去大海對海上生活的人來說等於失去了一切，所以說大海對村民很重要，大海有許多不為人知的寶庫等待人們的發現。

Lono王子一邊思忖著，一邊起身想離開這個屋子，他實在是無心留在這裡啊！Lono王子才走到門口，就被侍衛擋了下來，一時之間無法出去，只好暫時取消這個念頭。

　　「你不用急著離開，難道你不想看看你的村民？」海葵姑娘說。

　　Lono王子轉身面向海葵姑娘，只見她用手指著屋內的一面牆，牆面竟然霎時出現了這樣的畫面：正在海上捕撈的村民站在礁岩張望，突然看見前方水紋變大了，於是警告大家退守沙灘。果然，這大水紋將村民的船給打翻了，村民們無奈地哭喊著。接著，巨大水紋接二連三地衝上礁岩海灘，沙灘上充滿被海浪打上來的蝦和魚。就這樣，海浪不斷地侵襲海岸沙灘，村民迫於無奈只有靜心等待浪潮退卻。不想再出海捕撈，這時一個巨大水柱狠狠地直衝而上又慢慢地撲向沙灘，村民大喊：「快逃！」說時遲那時快，來不及逃走的就被捲入海裡去了。

　　海葵姑娘收起影像，「這是剛才你的村落正在發生的事。」海葵姑娘說。

　　Lono很難過也很傷心，只是現在自己被陷在這裡什麼都不能做。

　　「你給我看這些做什麼？」Lono強忍淚水的說著。

　　「往後這塊樂土將會無數次受到大海的侵襲，你要懂得保護它，才能守護你的村民。」海葵姑娘說完，就對門外侍衛說：「打開門讓海龍將軍他們走吧！」

　　海葵姑娘話一說完，侍衛就將門打開了。海龍將軍和海龜將軍讓Lono先行一步走在前面。等三個人離開了屋子，海葵姑娘心裡想著：「Saya公主，我能做的就是這些了……」

　　美麗的海灘，美麗的海岸，湛藍的海水，清翠的水藻，堅毅的礁岩，大海的寶物就是不能少，全部都要留下來。

32.請Saya公主回村

　　屋外雨下個不停，海灘上非常平靜地起了或大或小的水紋。Saya公主看著屋外的一切，心裡很沉痛。

　　此時，一名勇士走進來，Saya公主看見他，說：「有什麼事？」

　　「請Saya公主回村子吧。」Popa說。

　　「你叫什麼名字？怎麼會突然來找我？」Saya公主說。

　　Papo兩眼炯炯有神地看著Saya公主說：「我是Baagu村的勇士，受Lono的領導，負責Baagu村和其他村落之間的安全維護。」

　　「我是說你叫什麼名字？」

　　「我叫Papo。」Papo好不容易介紹了自己。

　　「我知道了。」Saya公主說完之後，繼續看著屋外。

　　「請公主跟我回Baagu村吧，一直待在這裡不是辦法。」Papo說。

　　Saya公主轉頭看著Papo，說：「是Lono叫你這麼做的？」

Papo沒有回答。Saya公主心裡早已明白，Lono王子這個人什麼事都不說，總是把關心放在心裡，包括他對關心村民也是一樣的。Saya公主為了不讓Papo為難，穿上Papo準備的遮雨斗篷隨著他回到村子，不再逗留小木屋。雨依然下個不停，沼澤地的青蛙四處亂跳，小溪流的水漲高了，荒草坡上的雜草受到雨水的滋潤變得青翠富有朝氣。

33.Avango自言無法勝任領導

　　回到Baagu村的Saya公主靜靜等待Lono王子的歸來。在這個時候，Kunuzangan在大祭司的住處商討長老接班會議，Avango剛好經過，也進去參與。

　　在村落長老會議中，Avango對大家說：「Avango雖貴為父親長子，不過自知能力不足，無法勝任領導重任，希望各位另覓人選。過去，部落之所以不辭勞苦地從海上漂流到這裡，目的就是要建立一個強大的萬世不滅的海上王國，我不希望由於自己的無能而讓村落瓦解消失。」

　　「可是，Avango，你是大長老的長子，這是部落的規定。」Takid說。

　　「規定可以改啊。」Avango說。

　　大家聽到Avango的話非常震驚。

　　「我們是靠海吃飯的，海神是我們的守護神，只要大祭司一句話就可以傳達海神的旨意，找到村落王國的繼任人選，大祭司。」Avango說著說著轉向大祭司。

大祭司顯然欲言又止，說道：「這不是我能決定的。」

「我知道這不是大祭司能決定的，所以我希望在天氣晴朗之後，大祭司能夠設神壇祭天神、召海神，問天神的旨意。」Avango說。

Avango此話一出就立刻引來眾人議論紛紛。

「外面雨勢怎麼樣？」Kunuzangan對著Takid說。

「還在下著，一時半刻這雨應該不會停。」Takid說。

「大祭司，就照Avango的話去做吧！天氣一轉好，你就準備設壇祭天。」Kunuzangan說。

「是的。」大祭司輕回一句。

此時一位巡守隊員匆匆走過來，大家驚訝地看著他，巡守隊員也慌得愣在原地，一時忘了要報告什麼。

「這麼匆忙跑來，是有什麼事嗎？」Takid問。

「Lono王子回來了，現在在Baagu村裡。」巡守隊員說。

「真的？」Avango驚而喜地說。

「Lono沒受傷吧。」Takid說。

「沒有。」巡守隊員說。

「會議到這裡結束，我們去看看Lono。」Kunuzangan說。

「現在雨很大，還是先回Hi-Fumashu村吧。」Takid說。

「大祭司！」Kunuzangan叫了大祭司一聲。

大祭司立刻擺動手上的法器，說道：「Lono王子現在很平安，大家可以放心。」

屋外的雨不但沒有轉小，反而還越下越大，山谷沼澤地因溪流的水大量流入很快變成了一個小水池，山坡上也見到了幾處土石滑落，所幸沒有造成村民傷亡。

「這雨應該不會那麼快停吧？」Lono說。

「剛回來，不休息一下，又在煩惱什麼？」Saya公主站在Lono身邊說出這句話，手裡端著一碗熱茶。

Lono接過熱茶喝了，一邊將碗放在桌上，一邊深情款款地望著Saya公主。在這個風雨夜裡，兩人雙眸對視，誰也沒有多說話，可謂：「心有靈犀一點通。」

34.市集裡冷冷清清

　　過了幾天，天氣終於放晴了，村民也開始活動了。連續幾天的雨，市集裡的貨物銷售殆盡，村民的存糧也相對減少了。Avango和Takid在市集裡逛著。

　　「今天市集裡好像少了很多人。」Avango說。

　　「Avango，你要是能多觀察村民的生活，多了解他們，就更能體恤他們，也能受到大家的愛戴了。」Takid說。

　　「體會村民的生活？」Avango說。

　　「例如，這幾天因為雨下個不停，村民無法出海去捕魚，也無法到野外打獵，家裡的糧食都不夠了，如果不趁著現在天氣放晴多去撈點魚貨、獵物回來，如果又下雨了，村民怎麼辦呢？」Takid說。

　　Avango沒有說話，思考一會兒才說：「叔叔說得對，是我觀察不夠，現在我終於知道市集裡為什麼冷冷清清了。」Takid點點頭。

　　巡守隊經過市集，Avango看見了，問道：「Zawai在哪？」

「到山坡上巡邏去了。」巡守隊員說。

「告訴Zawai和Lono中午以前回集會所，長老有事要宣布。」Takid說。

「這……」巡守隊員支吾不語。

「有什麼事嗎？」Avango問。

「Zawai很快就會回來，可是Lono王子要天黑以前才能回來。」巡守隊員說。

「為什麼？Lono王子去哪了？」Takid說。

「Lono王子和Papo一起到南方的大沙灘去了。」巡守隊員說。

「南方的大沙灘？這麼重要的事怎麼沒通知？」Takid說。

「這……」巡守隊員一時結舌。

「好啦，這一定是Lono讓他們不告訴我們，怕我們擔心。」Avango說。

「那就多派一些人手到南方大沙灘去保護Lono王子。」Takid說。

「不用麻煩了。」Saya公主突然現身說出這句話。

「Saya公主，你怎麼會出現在這？」Avango說。

「我來是要告訴大家Lono有海龍和海龜兩位將軍陪著不會有事，而且一定會在天黑以前回到這裡。」Saya公主說。

　　「既然這樣，那就請Saya公主到集會所和大家見個面。」Takid說。

　　「不，我還是到市集看看有沒有需要的物品。」Saya公主說。

　　Saya說完之後，就一個人離開了。

　　「我回去找Abas來陪陪Saya公主，同樣是女人應該比較好說話。」Avango說。

　　Takid看著Avango，點頭表示認同。然後，兩人就在市集裡分手，各自回家去了。

35.計畫南遷

　　Lono站在沙丘上向四周張望。

　　「這裡就是最高的沙丘了，再過去一點就是大河了。沿著大河進入，一邊是樹林，一邊是沼澤地和竹林地，再過去有一小段山坡。」Papo簡單地介紹了一下周圍的環境。

　　「這裡視野不錯。你們聽，有聽見什麼聲音嗎？」Lono王子說。

　　「好像是猴子的聲音。」Papo說。

　　「是啊，這裡有猴子，表示一定還有其他動物存在，可以供村民狩獵更多。」Lono王子說。

　　「你打算怎麼做？」Papo說。

　　「要是能夠把這一帶也納入村民的生活區域就夠了。」Lono王子說。

　　「有可能嗎？從這裡到村落來回走一趟都要天黑了。」Papo說。

　　「建立村落就可以擴大交易範圍了。」Lono王子說。

　　雖然Papo聽了似懂非懂，卻從Lono身上學到了很多實現村落王子的夢想。

　　Lono又沿著大河走著，發現到這裡果然潛藏著豐富物產。Lono拔出一支箭射出去，一隻鹿立刻倒地。

　　「Lono王子真是好箭法，這麼遠也能射中。」海龜將軍說。

　　「這片草地除了鹿以外，一定還有別的動物，我們就沿著這草地往回走看看。」Lono王子說。

　　Papo、海龜和海龍將軍陪著Lono從大河的草澤地沿著山坡路往村落的方向回去。一路看不盡的山明水秀、雲淡風輕的好景色，聽不完的颯颯松濤，以及溪流激石推動著前進的淙淙聲響，還有山中幾隻燕鳥、沼澤雁鴨，和飛翔在海空之上的鷗鳥的鳴叫聲，一時眾聲合奏，萬籟聚集，彷彿聆賞一場大地交響樂。

　　Lono一不小心跌了一跤，Papo趕緊向前扶了一把問道：「沒事吧？」

　　Lono揮了揮手，說：「沒事，只是被這美麗景色迷住了，才會被石頭絆倒。」

　　「這裡的風景實在太迷人了。」Papo說。

　　「Papo，要是Baagu村的村民能夠向南移過來，這一大片山林海灘享用不盡啊。」Lono王子說。

「你是要遷村？」Papo說。

「遷村肯定會引起大反彈，我只要一部分村民就夠了，這樣就足夠擴展我們的生活區域了。」Lono王子說。

Papo想了一下，說：「我懂了，你是希望願意遷徙的村民，你就幫助他們搬到這裡來住。」

「我已經看好了，如果村民願意來，就在那沙灘高地建一個村落，一面靠海，一面靠山坡沼澤，又離大河不遠。」Lono王子說。

Papo沒有回答。在Papo心裡只有一個念頭：盡己所能幫助Lono王子說服村民南遷就夠了，這就是自己的簡單心願。

一行人一邊欣賞一邊談笑著，頭頂著大太陽卻不感覺燠熱難當，原來有著這麼一片林子可以遮蔭哩。

36.Pilanu派人抓Saya公主

　　傍晚時分，水鳥棲息在沙灘上，原來這裡有著村民殘留下來的不少穀物。海面上舢舨船陸陸續續回航，天空裡一道冷橙渲染了紅的雲彩照映在海面上，金黃閃閃地投射在沙灘上。這黃金般閃亮的沙土，和反射夕陽光芒的山坡，兩者形成了一道天然屏幕。這屏幕由泛黃、泛紅、泛紫、泛灰的色彩，交織成黑夜的序曲。

　　Saya公主在市集裡逛著，沿街擺著有石盆、陶碗、鐵刀、玉石、珊瑚等等。Saya公主的行蹤被Vanasyan發現了，立刻指示Pilanu派人抓住她。

　　Pilanu起先有點猶豫，Vanasyan卻告訴Pilanu說：「這女人會給村裡帶來不幸，要盡早把她趕走。」

　　「可是長老……」Pilanu欲言又止。

　　「你想想看，自從Saya來了以後，村裡發生多少事情？Lono兩度失蹤，Avango放棄繼承長老，村落又差點淹水……這女人是禍害，留不得！」Vanasyan說。

「夫人，我看你是因為Avango放棄繼承長老位子，才想要把Saya公主趕出村落的吧？」Pilanu說。

「你說什麼？」Vanasyan說。

「你是怕Lono繼承了長老的位子成為村落領導人。」Pilanu說。

「你在胡說什麼？」Vanasyan大聲斥責他。

「我們都知道Lono不是你親生的，當然你更希望Avango能繼承長老位子，可是……」Pilanu因為Vanasyan的狠狠一瞪，話只說了一半。

「你到底要不要把她帶過來？要不我連你也一起趕出村子。」Vanasyan說。

面對Vanasyan的強勢態度，Pilanu只好答應了。

Pilanu一個人走在市集裡，心裡忖度著：這一切都是因為長老夫人想要把Lono趕出村子，才會這麼命令的。Pilanu走著、走著，突然停下腳步，一個人坐在荒草坡上的石塊上發呆冥想。Zawai和Piyan剛好經過，看見他的呆樣，十分好奇。

「喂，Pilanu，你在呆想什麼？」Piyan說。

「什麼？」Pilanu突然驚醒地說。

「你一個人在這裡做什麼？」Zawai說。

「沒，沒事。」Pilanu不敢說出原因。

Zawai因為還要為今晚開會的事做好準備，所以先走了，只剩下Piyan和Pilanu兩人相對。

「說，什麼事？」Piyan大手碰了一下Pilanu的肩頭說。

「哪有什麼事？」Pilanu說。

Piyan來回逡巡著Pilanu的眼睛，Pilanu只好招了：「是長老夫人要找Saya公主。」

「那你就去告訴Saya公主說長老夫人找她，Saya公主自己就會去找長老夫人的。」Piyan說。

「是喔，這麼簡單。」Pilanu說。

「你是不是不好意思告訴Saya公主？」Piyan說。

Pilanu猶豫了一下，沒有回答。

「等等，長老夫人為什麼要找Saya公主？」Piyan說。

正當Pilanu想說的時候，Saya公主正好走過來。

「人不是來了嗎？」Piyan說。

Saya公主看著Piyan和Pilanu兩個人表情怪怪的，於是開口問道：「什麼事？」

「這……」Pilanu支吾著。

「是長老夫人要找你。」Piyan替Pilanu說了。

「是嗎？」Saya說。

「嗯。」Pilanu點點頭。

Saya公主看著天色，天空裡的色彩漸漸黯淡下來了。

「天色不早了，我回去的時候會順便去找長老夫人，放心好了，不會讓你為難。」Saya公主說完，回頭走了。

Piyan和Pilanu看著她離去，彼此默默無言。

一會兒，Piyan突然對Pilanu說：「你要不要回去？你不回去，我可要回去了。」

Piyan說完就走了，只剩下Pilanu一個人兀自呆立。

Pilanu既擔心又害怕長老夫人會做出不利或傷害Saya公主的事。更糟的是，Lono王子此刻不在村裡，又不能告訴長老。考慮再三之後，Pilanu決定去找Avango商量。

37.快去救Saya公主

從巡守隊得知長老要大家在集會所，不能離開，Pilanu沒辦法見到Avango並且告訴他關於長老夫人要把Saya公主趕出村落的事。集會所裡，除了Lono王子尚未到達，Avango、Zawai、Abas、Takid等人都來了。

正當Pilanu站在門外張望時，Piyan走進來看見他，問道：「你怎麼不進去？」

「我在等Papo。」Pilanu隨口編一個理由說。

Pilanu隨著走進集會所，各村民代表都到齊了，巡守隊在屋外守著，大夥一起等待著長老和大祭司的到來。Pilanu看見Lono王子還沒出現，立即反身向外衝出。

由於Pilanu感到擔心與害怕，一心只想盡快找到Lono王子通知他，以致連自己究竟跑了多久也不知道。後來，Pilanu在半途中遇見了Papo。

「Pilanu，你怎麼了？跑這麼喘？」Papo說。

Pilanu喘了一口氣說：「咦？怎麼只有你？Lono王子呢？」

「什麼事急著找Lono王子？是不是Saya公主出了什麼事？」Papo說。

「Saya公主出了什麼事？」Lono突然冒出，問了這句話。

「不是，是大家都在集會所等Lono王子。」Pilanu吞了吞口水說。

「知道了，我這就過去了。」Lono說完又轉向海龜將軍說：「你們去找Saya公主。」

「是。」海龜將軍和海龍將軍應聲道。

看著Lono王子和Papo往集會所走去，「我們走吧！」海龜將軍說。

「兩位將軍等一下。」Pilanu叫住海龜和海龍將軍。

「什麼事？」海龍將軍說。

「我……Saya公主在長老夫人那裡，你們快去救Saya公主，不然Saya公主會被長老夫人趕出村落。」Pilanu支支吾吾地說完。

「什麼？」海龜將軍說。

「剛才怎麼不說？」海龍將軍說。

「長老夫人的事怎麼能讓Lono王子知道！」Pilanu說。

「沒時間了，走吧！」海龜將軍說。

海龜將軍和海龍將軍一邊往長老夫人的住所走去，一邊盼

咐巡守隊員去通知Avango。只有Avango才能讓長老夫人放了Saya公主。

38.我做錯什麼？

　　天色漸漸暗下來，村民們仍在集會所裡耐心等候。因為Kunuzangan和大祭司今天召開村民代表會議，說是有要事公布。正當一部分的村民在集會所開會，另一部分的村民卻待在長老夫人的住所。Kunasyan向村裡的女人說要趁今晚把Saya公主趕出村落，以免帶來更大災難。

　　「這樣好嗎？要是長老知道了……」有一個村婦說。

　　「長老太仁慈了，見了女人捨不得下手，就由我們女人自己動手把她趕出去吧。」長老夫人說。

　　有一位少女走進屋子說：「長老夫人，Saya公主來了。」

　　「喔，是知道我在找她，自個兒送上門了。」

　　長老夫人說完就走出屋外，皮笑肉不笑地看著Saya公主走近。

　　「不知道長老夫人找我有什麼事？」Saya公主說。

　　長老夫人詭異地笑笑，盯著她瞧。

　　這個笑容讓Saya公主不禁感到害怕。

「來人，把她抓起來。」長老夫人說。

「是。」突然上前幾名壯丁護著兩個村婦抓住了Saya公主的手臂。

Saya公主看著長老夫人說：「長老夫人，我做錯什麼？為什麼要抓我？」

長老夫人向前打了Saya公主一個耳光，說：「你做錯什麼？自從你來了以後，村裡就開始變得不平靜，Lono消失兩次，村落差點淹大水，土石掩埋，你這個壞胚子，不把你趕出去，村落怎麼會平靜！」長老夫人一口氣將村落的禍事全都推給Saya公主。

一席話說得村民心癢癢的，也認為全是Saya公主的錯。

「還不快點把她帶到海邊，趁今晚把她送走。」長老夫人說。

「是。」村婦和村民應聲道。

一行人立刻出發，將Saya公主抓到海岸邊。等到海龜將軍和海龍將軍來到時，長老夫人的住所並沒有看到半個人影。海龜將軍只好向市集裡一名少女打聽。

少女說：「長老夫人把最近村裡發生的不幸事情都怪罪於Saya公主，叫人把Saya公主帶到海岸邊，今晚要把她趕出村落。」

「什麼？」海龍將軍說。

海龜將軍和海龍將軍聞言準備馬上去救人。

「要不要告訴Lono王子？」海龍將軍問。

「來不及了。」海龜將軍說。

海龍將軍告訴少女，要她把剛才說過的話隨便找一個巡守隊員說。

少女不解，海龍將軍說：「只管照我的話去做。」

「嗯。」少女點頭走了。

「這是幹什麼？」海龜將軍說。

「找救兵。」海龍將軍說。

海龜將軍和海龍將軍往海岸走去。

39.Saya公主獲救

　　眼看著長老夫人帶走Saya公主到海岸邊去，Pilanu在村落往海岸的途中，期待能找到人來解救Saya公主。就在Pilanu左顧右盼時，看見海龜和海龍將軍向他走來。

　　「Saya公主在哪裡？」海龜將軍說。

　　Pilanu指著海邊的方向，海龜和海龍將軍沒有多說一句，立刻匆匆地趕上前去。

　　不久，Pilanu又在路上遇見了Zawai，突然驚嚇得不知怎麼辦才好。

　　「你怎麼了？」Zawai說。

　　「什麼？」Pilanu說。

　　「你這樣子是不是有什麼事隱瞞著。」Zawai說。

　　「我是說你不是在集會所裡開會，怎麼突然會出現在這裡？」Pilanu說。

　　「大祭司的事要等明天才能揭曉，現在我例行性出來巡邏。對了，這麼晚了你怎麼還在這裡？」Zawai說。

這時，突然有一個巡守隊員急忙跑過來，Zawai看見他如此著急，便問道：「出了什麼事？」

　　「剛才，剛才，有一個少女說長老夫人把Saya公主抓起來了，說是抓到海邊去了。」巡守隊員說。

　　「什麼？」Zawai有點驚訝地說著，但立刻若有所悟地轉向Pilanu，逼問說：「你是不是知道什麼？」

　　「Zawai……」Pilanu又緊張又害怕的說不出話來。

　　「快說，長老夫人為什麼要抓Saya公主？」Zawai說。

　　「長老夫人把最近村落發生不幸的事都怪罪給Saya公主，說要把Saya公主趕出村落。」Pilanu說。

　　「嗯，你怎麼現在才說？」Zawai說。

　　「把這件事告訴長老。」Zawai轉頭吩咐巡守隊員，又看著Pilanu說：「跟我去找Lono王子說清楚。」

　　Zawai帶著Pilanu回村子找Lono王子。海龍將軍和海龜將軍跟著長老夫人的行蹤，終於找到了人。

　　正當海龜將軍想出手救Saya公主時，卻聽到長老夫人發言：「你忠心護主可真讓人佩服！不過，要是你把這些村民都打傷了，當心我可是會多加一條罪在Saya公主身上！你動手之前，最好想清楚。」

　　「海龜將軍，不要再讓公主揹罪了。」海龍將軍說。

「海龜將軍、海龍將軍，你們回去，不要管我。」Saya公主說。

「公主……」海龍將軍面有難色。

長老夫人走到Saya公主前面又甩了她一個耳光，海龍和海龜兩位將軍看了很心疼卻什麼也做不了。

「你這女人真是會演，把一個Lono騙得團團轉，又害村民被海怪抓走，村落又淹水，現在又對你的兩名護衛施以同情。」長老夫人說。

長老夫人眼看天色昏暗無比，於是吩咐道：「把她綁在礁石上，泡在海裡，等明天天一亮就把她送出去。」

「長老夫人，天氣有點涼，這海水會凍死人的，這樣好嗎？」有一名村婦說。

「怎麼，都心軟了？快給我動手！」長老夫人大叫說。

村民只好拿起繩索拖著Saya公主，將Saya公主整個人泡在水裡，然後綁住礁岩，並用大石頭壓住繩索。

「至於這兩個人也給我押回村裡關著，好好看著。」長老夫人說。

「是。」村民說。

Saya公主浸在海水裡，身體開始冷得發抖起來。

「公主，你還好嗎？」海龜將軍看著Saya公主關心地問道。

「還不快把他們抓回去！」長老夫人說。

就在長老夫人要帶著海龍和海龜將軍離開海岸時，Kunuzangan和Avango剛好趕到，長老夫人感到非常驚訝。

Kunuzangan看到海龜將軍，著急地問：「人呢？Saya公主人呢？」

「長老在問你們話，快說！」Avango說。

「在海裡。」海龜將軍說。

Kunuzangan繞過眾人，往海面上看過去，命令道：「火把給我。」

巡守隊遞過火把，Kunuzangan拿火把照在海岸邊，看見Saya公主被綁在礁石上，半個身子泡在海水裡。

「這是誰的主意？」Kunuzangan問。

眾人沉默不語，不敢回答。

「沒聽到我問話？這是誰的主意？」Kunuzangan又問。

「是我。這女人是不祥的，帶給村落這麼多不幸，當然要受罰。」長老夫人說。

「不幸？」Kunuzangan看著長老夫人說。

「村落淹大水，土石崩落，Lono失蹤兩次，不都是這女人來了以後才發生的嗎？所以不能留她在村裡。」長老夫人語氣堅定地說。

「Avango，叫巡守隊把Saya公主救上來。」Kunuzangang說。

「是。」Avango說。

「這怎麼可以？」長老夫人說。

「所有的事我會解決，Avango，快救人！」Kunuzangan說。

正當Avango和巡守隊要前去海岸將Saya公主救上來時，Zawai和Lono王子突然出現了。大家看著Lono王子，Avango也回頭看著Lono王子。

「Zawai，Saya公主在哪裡？」Lono王子說。

「Lono王子！」海龜將軍大喊一聲。

「在哪裡？Saya公主在哪裡？」Lono王子著急地大叫說。

「在這裡。」Avango用火把照了一下海岸說。

因為風很大，海水極其冰涼，Saya公主早已昏了過去，沒有看見Lono王子。Lono王子推開巡守隊，一個勁地跑向前，抱住Saya公主，拚命地想法子解開繩索。Saya公主被Lono王子突然的舉動驚醒了，但因為身體冷得發抖，話還沒有說出來就又昏倒過去了。

Lono王子好不容易解開繩索，將Saya公主從水裡抱起來，卻因為礁石打滑，一度站不穩，差點跌倒。Avango向前想要扶他一把，卻被Lono王子生氣地推開。Lono王子抱著Saya公主慢慢地往前走，Avango指示巡守隊拿著火把為Lono照路。海

龜將軍和海龍將軍看著看著感動得哭了起來，村民也開始議論著Lono王子和Saya公主的關係。

Lono王子抱著Saya公主離開海岸邊，Kunuzangan看著長老夫人說：「這就是你要的結果嗎？」

Kunuzangan說完就走回村落，村民也散去了，各自回家。

40.昏迷不醒

第二天清晨一大早，Avango就從Hi-Fumashu村來到Baagu村。

Avango在市集裡看見海龜將軍正在一家賣熱食的小販攤位前面，就打招呼道：「海龜將軍，在吃早飯？」

「嗯，是買回去給Lono王子吃的，昨晚為了照顧公主，Lono王子一夜都沒睡。」海龜將軍說。

「Saya公主還沒醒來啊？」Avango問。

海龜將軍點點頭。

Avango與海龜將軍在回家的途中，又遇見了Piyan和Zawai。

「你們要去哪？」Avango說。

「去看Saya公主醒了沒？」Piyan說。

「我也是。」Avango說。

「怎麼沒看見Abas？」Piyan說。

「她說要去買點物品，所以我就先過來了。」Avango說。

Saya公主從昨夜昏迷到今天早上一直都沒醒來過，現在算算時間已接近正午了。海龍將軍看著Lono王子一夜之間變得意志消沉、毫無鬥志，心想這樣下去不是辦法，正想說說什麼話來勸勸Lono王子時，Zawai和Avango一行人正走進來了。

　　海龍將軍看見Zawai，招呼道：「你們來了。」

　　「怎麼樣了？」Zawai問。

　　海龍將軍沒有說話。Zawai看著昏迷未醒的Saya公主依然靜止不動，Lono王子則靜靜地坐在床橡看著Saya公主，一動也沒動過。

　　「Zawai，你勸勸Lono王子，這樣下去是不行的。」海龜將軍說。

　　Zawai來到Lono王子身旁，說：「Lono王子，你要保重自己的身子，相信Saya公主也不希望看見你這樣子啊。」

　　Lono沒有回應。

　　「我知道是我母親不對，不應該這樣對待Saya公主。不過，我向你道歉，求你原諒。」Avango說。

　　Lono王子還是沒說話。

　　「這怎麼辦？」Avango說。

　　「我想Lono王子現在最需要的是安靜，不想被打擾，我們還是走吧！」Piyan說。

「Piyan，就這樣走了？」Zawai說。

「Zawai，你現在最重要的工作是代替Lono王子守護村落直到Lono王子正常為止，知道嗎？」Piyan說。

Abas終於出現了，她說：「Zawai，Piyan說得沒錯，你跟Avango現在要做的是守護村落。」

Abas把手上的東西放在桌上，看著Lono王子以及Saya公主，心裡難過地說：「海龍將軍，這是替你們準備的食物跟藥材，記得叫Lono王子多少吃一些。至於藥材是祛寒用的，把藥材熬成湯給Saya公主驅驅寒氣。」

「是，我知道了。」海龍將軍說。

Zawai和Avamgo、Abas和Piyan一行人離開屋子，留下海龜將軍和海龍將軍。Lono王子還是沒有反應地看著Saya公主。

41.村民的憂慮

　　Zawai從市集回到了Tamayan村，看見了Takid，Takid向Zawai問：「Saya公主怎麼樣了？Lono呢？」

　　Zawai搖搖頭說：「情況很糟。」

　　「Saya公主一直都在昏迷中。」Piyan說。

　　Takid張望著四周，問：「現在你要去哪？」

　　「先回來休息一下，待會到村落集會所聽聽巡守隊的報告。」Zawai說。

　　「喔。」Takid輕聲地說。

　　「Lono王子不會就這樣丟下村落不管的。」Zawai說。

　　Takid看著Zawai，想著Lono，又想起大祭司的預言，忖度著：「海神真的傳了什麼旨意來了嗎？」

　　另一方面，在Hi-Fumashu村的Avango正準備上山打獵，一邊巡視村落時，遇見了Kunuzangan。

　　「聽說早上你去看了Lono？」Kunuzangan說。

　　「嗯。」Avango輕聲應道。

「怎麼樣了？」Kunuzangan說。

「什麼？」Avango說。

「我是說Saya公主的情況怎麼樣了？」Kunuzangan說。

「我現在比較擔心的是Lono，真怕他會從此一蹶不振。」Avango說。

Avango說完，揹起弓箭就離開了。

Papo和Pilanu兩個人在市集裡逛著，聽到市集裡村民的流言蜚語，說什麼Lono王子可能因為Saya公主而失去自己從此不再關心村落。村民都很擔心，如果還有外族來侵略，或是大海上發生變動，村落可能因此不保。

「怎麼辦，Lono王子會就這樣不管我們了嗎？」Pilanu說。

「擔心什麼？Lono王子只是一時之間失了魂，很快就會回來的。」Papo說。

「真的？」Pilanu說。

「相信我，Lono王子不會這麼輕易被打倒的。」Papo說。

Pilanu和Papo看見長老夫人也在市集裡逛著。

「這女人……」

Papo話沒有說下去就離開了，Pilanu也跟著離開。

長老夫人和村裡的婦人聊著天，聽到Avango一早就去巡視村落和Lono目前的情況，長老夫人心中暗自欣喜。她心想：

「雖然沒把那丫頭趕出去，不過想到Lono的情形，不久就會被村民遺忘，只要Avango加把勁，村落領導人就非Avango莫屬了！」

長老夫人一邊想著自己的白日夢，一邊帶著有點邪惡的笑容離開。

42.水幕影像

　　富麗堂皇的宮殿裡，Saya公主似曾相識地走著，看見一名宮女，Saya公主喚住了她。

　　這名宮女傻愣愣地看著Saya公主，驚喜地大喊道：「Saya公主，妳回來了？」

　　於是宮女們開始口耳散播著這一大好消息：「Saya公主回宮啦！」

　　很快，這件事隨即傳到龍王耳朵裡，他對侍衛說：「Saya公主回來了是嗎？」侍衛點頭。

　　「快帶我去找Saya公主。」龍王說完，離開大殿要去找Saya公主。

　　龍王走到花園時被海葵姑娘攔下了。

　　「海葵，這是什麼意思？」龍王不解地說。

　　「龍王要去找Saya公主對吧？」海葵姑娘說。

　　「有何不可嗎？」龍王說。

　　「Saya公主現在正在和海神見面。」海葵姑娘說。

「海神？又是海神！把我的Saya公主弄走了還不還給
我。」龍王有點不悅地說。

Saya公主正在一座宮殿裡和海神對望著，海神在兩人之間
用手揮出水幕。

水幕中的影像是Saya公主自己躺在床上，Lono王子則兩眼
無神地坐在椅子上，海龜和海龍兩位將軍顯得無助又無奈的
樣子。

另外還有一群村民現身在山坡上，被一隻大熊攻擊得幾乎
瀕臨生死關頭。村民對熊的攻擊束手無策，巡守隊因為懼怕熊
的出現也不敢上山巡邏了，村落彷彿群龍無首，陷於無人領導
的情況。

Kunuzangan長老帶著一批巡守隊上山尋找熊的足跡，不幸
的是，山路因土石崩塌，將Kunuzangan困於山中。Takid為了
救Kunuzangan，帶了一批村民和Avango、Zawai一起上山。無
奈眾人又遭到大熊攻擊，Avango被熊大咬一口，生命垂危。
Zawai用大石頭將熊與自己隔開，才免於受傷。

Takid看見受傷的Avango，對Zawai說：「你先送Avango回

去，我一個人上山就好。」

Takid說完留下一部分的村民陪著Zawai回去村落，Takid自己帶著巡守隊上山尋找Kunuzangan。

水幕到這裡停了一下，海神說：「你必須回去幫Lono王子重新站起來，保護村落和村民。」

「咦？」Saya公主輕嘆一句。

「除了熊的攻擊，村落還另有一個劫難……」海神說。

「什麼劫難？」Saya公主問。

「這村落是居住在海灘草澤，在大山裡有很多危害村民的野獸，如果想要維持一個長久居留之地，海岸村落必須整合起來才能保有這片靠山面海的夢幻之地，村民才有可能保有萬世萬代的生存。」海神說。

「剛才水幕的影像都會發生嗎？」Saya公主問。

「所以你必須回去協助Lono王子完成這個任務。」海神說。

「什麼任務？」Saya公主又問。

海神沒有回答Saya公主的問題，只說：「回去吧！」

「那我可以跟父王見一面嗎？」Saya公主央求道。

「龍王已經在門外了。」

海神說完，門被推開，海葵姑娘和龍王正站在門口。Saya公主和龍王同時向前，互相擁抱。龍王聽到Saya公主要完成的任務是這麼樣的艱困時，不禁流下淚來，

「Saya。」龍王輕拍Saya公主的肩說。

「父王。」Saya公主說。

海神對海葵姑娘說：「等龍王話說完了，就送Saya公主回去吧！」

「是。」海葵姑娘說。

Saya公主靠著龍王的胸膛，清楚地感受到龍王的心跳聲，一個父親疼愛女兒的心跳聲，Saya公主不知不覺流下淚來了。

43.長老被困山中

　　整個村落因為大雨溪水暴漲，村民不敢再到溪流去了，山上也因為近日來雨勢不斷增加而使土石崩落阻擋了去路，海岸礁岩也被海水淹沒，沙灘呈現汪洋大海，只有少許沙丘仍然突起，但是因為雨勢太大讓村民不敢出門去捕魚。

　　Takid在集會所裡等待Kunuzangan的消息，巡守隊傳來說，長老因土石崩落，被困山區，無法下山。

　　「要不多派些人手去清理土石把長老救下山。」Zawai說。

　　「雨下那麼大，只怕人沒救著又枉送一條性命。」Takid說。

　　「保護長老大家都有責任。」長老夫人說。

　　「但是長老也不希望村民因為救他而犧牲啊。」Takid說。

　　「好了，別說了，總得等雨變小或停了才能救人。」Zawai說。

　　「我出去一下。」Papo說。

　　「你要去哪？」Zawai說。

　　「去找Lono王子，看看有什麼辦法。」Papo說。

「Saya公主不是還沒醒來？Lono會離開嗎？」Takid說。

Papo沒有回答就離開屋子了。

「不知道Avango傷得怎麼樣，我想去看他。」Zawai說。

Zawai看了Takid一眼就離開屋子了。

「要是你能把心胸放大一點，Avango今天就不會受傷了。」Takid對長老夫人說。

「你是在怪我嗎？難道是我讓Avango被熊咬的？」長老夫人說。

「任何人都沒有怪妳，只是在這裡生存的每一個人都要互相幫助，互相體諒。我不懂你為什麼要那麼討厭Lono，是因為Lono的母親嗎？」Takid說。

長老夫人看著Takid沒有說話。

「這都是大人的錯，長老也認錯了。Lono只是個孩子，不要把對大人的憎恨轉移到孩子身上。」Takid說。

「我做都做了，你要我怎麼辦？」長老夫人說。

「難道你不知道因為你一時的貪和恨，把這些報應都報在Avango身上了嗎？Avango和Lono一樣都只是個孩子。」Takid說。

外面的雨勢似乎沒有要停下來，溪流的水繼續暴漲流入大海，沙丘快被海水淹沒了。市集裡杳無人跡，只剩下在屋內張望的村民的眼睛。

44.我連心愛的人都保護不了

　　Papo冒雨來找Lono王子，他卸下木傘站在門口，海龍將軍發現了，開門讓他進來。

　　「下這麼大雨，你怎麼來了？」海龍將軍邊說邊關門。

　　Papo看著屋內的海龜將軍，問道：「Lono王子呢？」

　　「在裡面。」海龍將軍說。

　　Papo看著兩位將軍說：「Saya公主還沒醒來？」

　　「一直都沒醒來過。」海龜將軍說。

　　「都三天了，Saya公主都沒醒過？」Papo問。

　　「現在不是Saya公主醒來的問題。」海龍將軍說。

　　「那是什麼？」Papo說。

　　「Lono王子也已經三天沒吃東西了，只是呆坐在椅子上。如果Saya公主醒來，而Lono王子卻倒下了，那才是問題。」海龜將軍說。

　　「你是說這三天來Lono王子都沒進食？」Papo問。

　　海龜將軍指著桌上的飯盒，Papo想了一下，說：「這怎麼

了得！我本來還指望Lono王子能夠想出什麼方法救長老的，這下完了。」

「長老怎麼了？」海龜將軍問。

Papo就把長老受困的事都告訴了兩位將軍。

海龍將軍說：「現在外面雨下那麼大，就算要救人，也得等雨停才能救。」

「是啊。」海龜將軍附和著說。

海龍將軍看著Papo，說：「既然都來了，那就幫忙勸一下Lono王子吧！」

Papo走進房間裡，果然看見Lono呆若木雞地坐著，於是對Lono王子說：「Lono王子，好歹得吃點食物，這樣下去不吃不喝的怎麼行？王子啊，你還要保護村落和村民呢。」

「我現在連自己心愛的人都保護不了，我哪有能力去保護村民！」Lono王子說。

「這……，王子。」Papo不知道如何回應。

「你走吧！」Lono王子說。

「Lono王子……」Papo話沒說完。

「你走吧！」Lono王子接著又說了一句。

Papo看著躺在床上的Saya公主一眼。

海龍將軍也勸Papo離開，Papo離開之前聽到Lono王子說：

「海龍將軍，海龜將軍，以後我不要再見任何人，任何人都不要讓他進來。」

「這……」海龍將軍不知說什麼好。

Papo拿起地上的木傘冒著雨離開，在雨中說：「唉，Lono王子這樣下去是不行的啊。」

海龍將軍說：「能有什麼辦法？」

看著Papo從雨中離去，海龍將軍關了門，海龜將軍說：「得想辦法讓Saya公主醒來。」

「讓Saya公主醒來？」海龍將軍說。

屋外飄著大雨，樹影隨風搖晃著。

45.公主甦醒了

　　大雨猛下三天之後，終於稍稍停歇了。Avango被熊咬傷的腿仍然隱隱作痛，村醫囑咐必須安心靜養，切勿隨意走動。Avango叫人準備一枝木條當作拐杖，讓他得以支撐著在市集裡巡視。大雨來得快，把村落洗得乾乾淨淨的，一切得從頭開始，只見大家忙著出海、上山、種稼，Avango看著心裡不免哀傷難過。

　　Zawai也來到市集，Avango揮手致意，問道：「你要去哪？」

　　「去山上救長老下山。」Zawai說。

　　「喔，你一個人？」Avango說。

　　「我父親已經先去了。」Zawai說。

　　「那等你回來。」Avango說。

　　看著Zawai離開，Avango一個人漫無目的地走著。尤其最近養傷期間讓他想了很多事情，Avango其實很想了解Lono的狀況。於是，找了幾位村民詢問，得到的答案卻是：「最近不

曾看見Lono王子。」就在這個時候，Avango聽到了一段村民的對話：

「聽說Saya公主已昏迷好幾天了，一直不曾醒來。」

「會不會死了？」

「可憐喔！」

「可憐的是Lono王子，他已經好幾天沒吃飯了，會不會想跟Saya公主一起死啊？」

村民一句來一句去的，讓Avango既擔心又害怕，當下決定去看Lono。結果路上碰巧遇見了Piyan。

「Avango，你的腳……？」Piyan看著他說。

「我的腳不礙事。我要去找Lono，你呢？」Avango說。

「我也是。Abas吩咐我拿些湯藥給Saya公主，我們一起去吧！」Piyan說。

就這樣，Piyan和Avango兩個人一起來到Lono王子的住所。可是，住所的大門關著，海龍將軍和海龜將軍兩個人坐在門外的大木頭上。

「海龍將軍，海龜將軍，你們怎麼坐在這裡？下雨怎麼辦？」Piyan說。

「我們……你們來做什麼？」海龜將軍看了一眼海龍將軍然後對Piyan說。

「我們來看Saya公主和Lono王子。」Piyan說。

「你們還是走吧！」海龍將軍說。

「怎麼了？」Avango問。

「Lono王子現在連我們都不見，你們哪還能見得到?!」海龜將軍說。

「Saya公主還沒醒來？」Piyan問。

「一直都沒醒。」海龍將軍說。

「就是這樣才讓人擔心，Lono王子又把自己關起來，好幾天都沒吃東西了。」海龜將軍說。

「難道市集裡村民說的話都是真的……」Avango自言自語地說。

「什麼村民的話？」Piyan問。

「沒什麼，我們走吧！」Avango說完，轉頭就走。

「這湯藥是給Saya公主的，拿著。」Piyan將陶壺交給海龜將軍就走了。

海龜和海龍將軍也很無奈，正靠著門板苦笑著，一個不小心差點跌跤，原來是門被打開了。

「Lono王子！」海龜將軍驚呼道。

「進來吧。」Lono王子說。

Lono王子將門反鎖住，兀自走進了房間，又對他二人說：

「進來吧！」

海龜和海龍將軍看著躺在床上的Saya公主突然側躺著，不禁異口同聲大喊說：「公主！」

「這段期間辛苦你們了。」Saya公主說。

海龜將軍將陶壺放在桌上，海龍將軍說明道：「這是Piyan送來的湯藥，公主趁熱喝了吧！」

Lono王子將湯藥裝入碗中，本來想親自餵Saya公主，不料卻一個暈眩差點打翻。

「我來吧！」海龜將軍說。

湯藥送到Saya公主手中，Saya公主喝完之後，看著Lono王子很累的樣子，問道：「Lono，你怎麼了？不舒服？」

Lono王子正想答話，身體卻不支暈倒了，海龍將軍趕緊拿了些漿果給Lono王子補充營養。

「Lono，怎麼了？快扶到床上來。」Saya公主說。

海龍將軍將Lono王子扶到Saya公主床上的另一邊躺著。看著Lono王子睡得如此香甜，海龜將軍才告訴Saya公主，在她昏迷的這段期間Lono王子不眠不休地看護著她，連飯也不肯吃一口，就這樣累倒了。Saya公主想起海神的話，Lono王子的劫難不會就是這個吧？Saya公主心裡起了又愛又憐的心，她握著Lono王子的手，看著他沉沉睡去的臉。

46.小木屋

　　山上樹木枝葉上的雨滴不時因為風吹而掉落下來，Kunuzangan看著山下的一切景物——村落房子盤據依靠著，村民足跡遍布，在這裡簡直把所有海岸沙灘都看盡了。

　　一位較年長的村民悄悄走近Kunuzangan身邊，問道：「長老，你在看什麼？這裡的風景的確不錯，在這小木屋簡直把大海都看光了。老朽活了大半輩子從來沒有這麼樣看著大海的全貌，在這裡，我看到了。我實在佩服Lono王子的機智和聰明。」年長的村民說。

　　「你說這小木屋是Lono建的？」Kunuzangan說。

　　「是啊，而且還不止一座，沿著山坡下去，在溪流旁都有，一直到那條大河的樹林，Lono王子說是給村民在山上活動累了，可以休息的地方。而且小木屋旁都有瞭望台，巡守隊輪流巡守也有個休息的地方。」一個較年輕的村民說。

　　年長的村民在一旁聽著也不時點頭認可，然而在場的村民無不稱讚Lono王子的聰明。聽到村民一致的稱讚聲，又看著這

一片汪洋大海，Kunuzangan突然覺得自己虧欠Lono太多了。自己從沒有給過他一個完整的家，一個父親的愛，連母親對他的愛都把它剝奪了。Lono心中一定很想有個家，才會選擇逃離從小生長的島嶼，原來Lono一直把這裡當作自己的家園在管理與照顧。Kunuzangan突然覺得自己太自私，太不懂得為別人著想，從這些村民的笑談中，猛然醒悟到Lono才是一個真正讓他們擁有「家園」的人。

Kunuzangan望著山下出神，Takid已經來到小木屋了。

「長老，我們是來接你下山的。」Takid說。

Kunuzangan看著大夥，說：「今天我就陪大家在山上幹活一天再下山。」

Takid嚇呆了，說：「沒關係吧？」

「以前Lono也常常這樣陪著大家的。」村民說。

於是，大夥在大雨過後的山林裡開心地尋找獵物。

47.Lono王子怎麼了？

陽光灑落在山路、沼澤上，亮麗的光芒誰也無法抗拒。海上人民一直無法想像陸地人的生活，在這裡卻看見了：山和海的壯麗，不斷湧現泉水的溪流豐富了土壤，採不完的野食和分送不完的莊稼物。從山坡上看著大海，看著陽光，似乎是那麼地遙遠又那麼地近。陽光照在海上的沉淪影像隱沒在山腳下，彷彿腳踩了風火輪，踏山而歸的快感。

隨著陽光漸漸斜下，Kunuzangan和Takid以及一些村民慢步走下山，在進入市集的村子口遇見了Zawai。

Zawai看見長老就說：「你們去哪？我到小木屋找不到你們。」

「你去了小木屋？」Takid說。

「我們在山上繞了一下。」Kunuzangan說。

「怎麼了？」Takid問。

Zawai似乎有什麼難言之隱，欲言又止。

「Zawai，你是不是有什麼話要說？」Kunuzangan問。

「是關於Lono王子的事。」Zawai說。

「Lono王子怎麼了？」不等Kunuzangan開口，一位年長的村民接著說了。

Kunuzangan看看村民又看看Zawai，然後問道：「說，Lono怎麼了？」

「Lono王子的情況很糟糕，聽將軍說Lono王子已經好幾天沒進食了，我真擔心這樣下去Lono王子的身體會受不了。」Zawai說。

「真的，這是真的？」Takid說。

在場的村民開始議論了起來，Kunuzangan對Zawai說：「我們過去看看Lono。」

一行人穿過市集往Lono的村子去了，不料走到一半卻碰上了Papo和Pilanu兩個人。

「咦？你們兩個怎麼在這裡？」Takid說。

Zawai看著Papo說：「你們是不是剛從Lono王子那裡過來？」

Papo瞪著大眼看著Zawai，Pilanu也看著Papo，Kunuzangan則向前走一步，著急地問：「Lono王子現在怎麼樣了？我們正好要去。」

「咦？長老要去？」Pilanu說。

「是，我們大家都要去。」Kunuzangan看著大夥說，在場的人也都點頭表示同意。

「怎麼辦？Papo。」Pilanu低聲對Papo說。

「怎麼不說話，Lono王子發生了什麼事？」Zawai說。

「Saya公主已經醒來了。」Papo說。

大夥聞言露出笑容，Pilanu卻補充說：「可是Lono王子不吃不喝好些天，現在換Lono王子昏迷了。」

Papo手臂碰了一下Pilanu，Pilanu會意，馬上住口沒有再往下說。

「什麼，Lono王子昏迷了？」

Zawai說完，看著Kunuzangan。Kunuzangan沒有多說什麼，兀自往前走去。

48.Kunuzangan長老哭了

　　海龜將軍將Papo拿來的魚湯盛了兩碗，一碗端在手上準備給Lono王子喝，另一碗則放在桌上。

　　「公主，你身體還很虛弱，喝魚湯很快就會恢復體力了。」海龜將軍說。

　　Saya公主看著海龜將軍手上的碗說：「讓我來。」

　　Saya公主虛弱的身子根本站不穩，海龍將軍向前扶起她，說：「Saya公主，你就聽話吧，照顧Lono王子的事就交給我們，不要像Lono王子一樣為了照顧你，自己卻倒下了。公主，你可不能再倒下了呀。」

　　海龍將軍說完就端起桌上的陶碗，要Saya公主把魚湯喝完。Saya公主看著海龍將軍和海龜將軍，心裡很是感動。海龜將軍已經將魚湯灌進Lono王子的嘴裡了，Saya公主才從海龍將軍的手上接過碗將魚湯喝完。此時，卻聽見屋外傳來Papo的叫聲。

　　「Papo，怎麼又回來了？」海龍將軍說完就走出房間。

海龍將軍一開門看見Papo就問：「你怎麼回來了？」

Papo看著海龍將軍說：「大家都來了。」

「大家？」

海龍將軍正疑惑的時候，看見長老和Takid、Zawai還有一群村民在屋外等著。

「你們……」海龍將軍說不出話來。

「他們是來看Lono王子的，Lono王子呢？」Zawai說。

「聽說Lono昏迷了？看過村醫了嗎？」Takid問。

「可以讓我進去看看Lono嗎？」Kunuzangan說。

當大夥氣氛有些尷尬時，海龜將軍從屋內傳來一句話：「海龍，是不是Papo來了，怎麼不進來？」

海龍將軍轉身對海龜將軍說：「長老也來了。」

Kunuzangan慢慢地走進屋內，海龜將軍看傻眼了愣在原地。

Kunuzangan看看屋內四周，問：「Lono在裡面吧？」又轉頭對Takid說：「你們在這裡等我，我一個人進去就好。」

Kunuzangan說完，指示海龜將軍帶路。海龜將軍進了屋裡，Saya公主正在床邊看著Lono王子。

「公主，長老來了。」

海龜將軍的話讓Saya公主有點震驚。Saya公主轉頭看著長

老，又低頭看著Lono王子。Kunuzangan慢慢走向前，看著沉睡中的Lono，心裡不由得悲從中來。

Kunuzangan眼眶裡的淚水幾乎盈滿了眼睛，他舉起手轉個身拭去淚水，然後回過頭說：「村醫來看過了嗎？」

Saya公主看著Lono王子，沒有說話。Kunuzangan安靜地走出房內，海龜將軍也跟著出來。

「怎麼樣了？」Takid說。

「我們可以進去看一下嗎？」有村民提議說。

「Zawai，明天叫村醫過來診脈看看。」Kunuzangan說。

「是。」Zawai說。

Kunuzangan再一次仔細看看屋內，然後就離開了屋子。眾人有點不解，為什麼長老會有這樣的舉動。

「明天我會叫村醫過來看看。」Zawai對海龍和海龜將軍說。

「Lono王子需要休息，大家回去，等明天村醫看過就明白了。」Zawai又轉頭吩咐村民。

海龍和海龜將軍送村民和Takid、Zawai等人離開，留下Papo一個人在屋內。

「你怎麼不回去？」海龍將軍對Papo說。

「我剛才看見長老看Lono王子出來的時候哭了。」Papo說。

「好了，快回去。」海龜將軍說。

「Lono王子會不會離開我們？」Papo說。

海龍將軍拍著Papo的肩說：「放心吧，Lono王子這麼喜歡大家，怎麼捨得說離開就離開。」

「回去吧！早點休息。」海龜將軍哄著Papo慢慢離開。

海龜和海龍將軍進了屋子裡面，Saya公主一動也不動地看著Lono王子，一邊問道：「他們都回去了？」

「嗯。」海龜將軍輕答一聲。

「長老說明天會讓村醫過來看看。」海龍將軍說。

Saya公主不禁想起了海神的話：「你回去，Lono還有一個劫難需要你幫助。」

屋外的夜色摻雜著草香、沙灘、海水還有陽光殘存的熱氣，留下一份讓人解不開的愁緒。

49.找不到脈象

　　隔天早晨，天剛濛濛亮，天色漸漸泛紅轉白，Zawai奉長老之命前往村醫住所，很快就帶著一位村醫去為Lono王子診治。這件事被Avango得知消息後，也急忙趕路前去。

　　「Zawai，等我一下。」Avango叫住Zawai。

　　Zawai看著Avango的腳，說：「你的腳傷……」

　　「都好了。聽說Lono病倒了，我想去看他。」Avango說。

　　「這，長老夫人要是知道你……」Zawai猶豫一下說。

　　「沒關係，這件事我會負責的，走吧。」Avango說完，向前走了兩步。

　　海龍將軍看見Zawai帶著村醫來了，又驚又喜。

　　「讓村醫進去吧！」Zawai說。

　　海龍將軍帶著村醫進入屋裡，報告說：「公主，村醫來了。」

　　Saya公主看著村醫一面微笑致意，一面示意海龜將軍將村醫帶到床前。當村醫替Lono診脈的時候，表情特別奇怪。過了

數分鐘，村醫診脈完畢，Saya公主要海龜和海龍將軍先出去迴避。

Saya公主看著海龜和海龍將軍走出去後，回頭對村醫說：「怎麼？不知道你會怎麼跟長老說Lono的病情。」

「Saya公主早知道了？」村醫說。

「我不知道。」Saya公主說。

「Lono王子有呼吸，找不到脈象，這是什麼情形？」村醫納悶著。

Saya公主看著村醫久久沒有說話。

村醫看看Lono王子又看看Saya公主，說：「Saya公主放心，我不會說出去的。」

「我能相信你嗎？」Saya公主說。

「你可以信大祭司。」村醫說。

村醫說完，提著藥箱出去了。

「怎麼樣了？村醫。」Zawai說。

「回去吧！」村醫說。

「Lono的病情怎麼樣了？」Avango也問了一句。

村醫沒有回答，很快地離開屋子，Zawai和Avango也跟著離開。

　　海龍將軍和海龜將軍關上門，進了屋裡，Saya公主看見他們，問：「都走了。」

　　「嗯。」兩位將軍同時說。

　　「公主，Lono王子的事情要是傳出去了怎麼辦？」海龜將軍說。

　　「大概不會，至少會讓大祭司知道。」Saya公主說。

　　「大祭司又要祭天了？」海龍將軍問。

　　Saya公主看著沉睡中的Lono王子沒有說話。

50.Lono王子的危機也是村落的危機

　　村醫回到了住所之後立刻跑到大祭司的住處，將自己診斷的結果告訴大祭司，大祭司盤算了一下，思索著事情的真相。

　　「大祭司，怎麼樣？我怎麼跟長老說？」村醫說。

　　「這事我會處理，什麼都不要說。」大祭司說。

　　大祭司和村醫一起離開大祭司的住處，打算要前往集會所去找長老，途中遇見了Kunuzangan。

　　Kunuzangan看見了大祭司就說：「我聽說村醫來找你，是不是Lono的病情有什麼問題？」

　　「Lono王子沒什麼問題，這是Lono王子的劫難。」大祭司說。

　　Kunuzangan支開所有人後將大祭司引到旁邊問：「大祭司還有什麼話沒說的？」

　　大祭司先是猶豫了一下，然後說：「之前我說過，是長老遲遲不肯公布Lono王子領導村落的決定將使Lono王子陷入更大的危機。」

「難道是這個？」Kunuzangan眼睛看著大祭司，嘴裡卻似喃喃自語，「難道這個危機……」

Kunuzangan話說了一半，大祭司猛點頭說道：「長老，是該舉行會議的時候了。」

Kunuzangan思索著大祭司的話，領悟到Lono王子的危機也是村落的危機。Kunuzangan一個人走在村落市集裡，發現村民的生活顯然沒有過去那樣有朝氣。是啊，近日村民遭受溪流洪水和海水的侵襲，許多莊稼早已流失，村民僅以少量野食和醃製品度日，海岸邊的漁貨越來越少，必須出遠洋，這十天半月不回村落，村落的人潮也少了。此外，有許多村民因為海上遇見大浪只好靠岸停泊，還有許多村民更因擔心失去家人而不肯再出海了。但如果僅在山中狩獵，又怕遇見大型野獸，或者土石崩塌的危險。「唉，這一片山林海岸就這麼叫人不得不放棄嗎？」

Kunuzangan想到一半的時候，突然聽見村民說：「Lono王子醒不來了嗎？」

「Lono王子真的要離開我們嗎？」

村民的話讓Kunuzangan有頓然開悟的感覺。是啊，村落需要一個穩定人心、安定人心的領導者。下了決心的Kunuzangan再度回到了大祭司的住處。

51.聆聽Lono王子的心跳聲

海龜將軍從市集回來了。

「怎麼樣？」海龍將軍問。

「大祭司和長老真的設壇祭天了。」海龜將軍說。

「怎麼辦，要是Lono王子不醒來不是逃不過劫難了？」海龍將軍說。

「噓，胡說。」海龜將軍瞪了海龍將軍一眼。

海龜將軍看著Saya公主安靜得有點異常，問道：「Saya公主，這事要怎麼辦？」

「如果Lono王子醒不來，就延續他的生命，讓他永遠生存下去。你們在這裡守著，絕不能讓任何人進來。」Saya公主說。

看著Saya公主進了屋子裡，海龍將軍問海龜將軍說：「Saya公主要怎麼延續Lono王子的生命呢？」

海龜將軍拍了一下海龍將軍，說：「你沒有看過動物是怎麼延續生命的？」

　　海龍將軍想了一下似懂非懂，海龜將軍拉著他說：「走啦！到外頭守著，讓Saya公主好好辦事。」

　　海龜和海龍將軍在屋外守候著，Saya公主看著沉睡的Lono王子，撫著他的臉、胸膛，然後跨坐在他的身上，俯貼在Lono王子的身上，聽著他的心跳聲。這心跳聲跟Saya公主聆聽龍王的心跳聲一樣，Saya公主用盡力量喚醒Lono王子的知覺，不久似乎感應到了。Lono王子對Saya公主的呼喚反應，使Saya公主與他的身心交流更融為一體了。

52.浪漫沙灘

清脆的水流聲從遠方傳來，「嘩—嘩—嘩—」的響個不停。

「這是什麼聲音？」Lono王子在一處涼亭坐著，自言自語地說出這句話。

「這是海水的聲音。」Saya公主忽然從旁邊冒出來說。

「Saya。」Lono王子輕聲叫喚著她。

Saya公主拉起Lono王子的手快速地離開涼亭，是用跑的還是飄的，早已分不清楚。兩人來到一個大空地，這空地裡有花，有草，有飛舞的彩蝶，一時之間讓Lono王子迷眩了。

「牠們這是在做什麼？」Lono王子問。

「牠們在歡迎我們，為我們舉行派對。」Saya說。

海葵姑娘和海星姊妹花、海馬和海豚兄弟檔，還有海龍和海龜、凸眼魚、花丑魚、大腳蝦等等，好多好朋友都來了。Saya公主帶著Lono王子突破魚蝦們的包圍，兩人在海裡盡情地玩耍，來到珊瑚姑娘的跟前。

　　珊瑚姑娘打開天門讓兩人往上游，Lono王子和Saya公主一路往上飄，累了就爬上一座高台。兩人坐在高台上望著四周的海水，又抬頭看看天空，太陽高高掛著，雲朵忽高忽低，陽光閃亮地照耀在海面上璀璨輝煌。Lono王子和Saya公主坐的地方是座淺浮的礁岩，礁岩旁細白的沙像柔軟的溫床，兩個人都不禁陶醉其中。

　　Lono王子和Saya公主兩人躺臥在細軟的沙灘上，周遭是皎潔的白雲、燦爛的陽光，以及深邃的海水，如此良辰美景，不免讓人心蕩神馳。浪漫氛圍中，Lono王子輕吻了Saya公主的臉頰，兩個人就在這大海的滋潤下做了一個甜蜜的夢。

53.祭壇著火了

　　大祭司設好了祭壇，準備替Lono王子化解劫難。Kunuzangan在大祭司的指引下向天禱告，向海祈福，村民們一門心思專注於大祭司的舉動，四周靜悄悄地，只聽見大海的呻吟。

　　突然，有人大叫：「著火了，著火了！」

　　只見祭壇中央發出一道火光，從上而下地將所有祭天供品燒個精光。

　　「撲火！」Kunuzangan說。

　　大祭司搖動手中的法器，面有難色地說：「長老，斷了。」

　　「什麼斷了？」Kunuzangan轉頭問大祭司。

　　「這道火光讓村落和天神之間的旨意溝通斷了音訊。」大祭司說。

　　「你的意思是……Lono他……」Kunuzangan有點擔心地說。

　　「抱歉，實在感應不到天神對Lono王子的去向。」大祭司說。

「大祭司，再想想辦法，一定可以的。」Avango著急地說。

「是啊，大祭司。」Zawai也附和著說。

所有的人都希望大祭司再試一次，大祭司只好順從眾意。大祭司再度舉起雙手，口中喃喃唸著咒語，突然間大海掀起一道巨浪淹沒了礁岩，巨浪不斷地衝起又跌落。

「大家看，海水掀起巨浪了！」村民說。

這麼奇怪的異象連大祭司都無法得知其所以然。

「大祭司，如何？」Zawai問。

大祭司放下雙手，搖搖頭說：「無法得知。」

「怎麼會這樣？」Avango說。

大海竟然會掀起巨浪，天空出現火光，這是什麼意思？

Kunuzangan對村民說：「大家先回去，我會想辦法的。」

「有什麼辦法？」

「除非Lono王子能醒來？」

「最近大海魚群也變少了。」

「山上也沒什麼獵物。」

村民的話一句又一句地從岸上傳到了大海，大海的波紋一層又一層地堆疊在一起。

54.長老夫人又來抓人

當大夥都回到市集裡各忙各事的時候，長老夫人帶著一群人前往Lono的住處。

Papo看見了，隨口問其中一人說：「長老夫人要去哪？」

「去Lono王子的住所。長老夫人說大祭司祭天不靈，Lono王子失去音訊都是Saya公主帶來的禍害，所以這次一定要把Saya公主趕出村子。」村民說。

Papo聽到這樣的消息立刻通知巡守隊告訴長老和Zawai，Papo自己則先尾隨長老夫人前去Lono王子的住處。

長老夫人來到Lono王子的住所，看見海龜和海龍將軍站在門口，大叫大喊說：「讓開！」

海龜將軍盯著長老夫人看，不發一語。

「眼睛瞪得這麼大，跟你的主人一樣想繼續殺害村民嗎？」長老夫人說。

「請你回去。」海龜將軍說。

「來人啊！進去抓人。」長老夫人說。

海龍將軍和海龜將軍在門外拚命抵擋村民，不願Saya公主再次被抓。村民的吵鬧聲傳到了屋內的Saya公主耳朵裡，她放慢了呻吟聲，但身子仍繼續貼在Lono王子的身上。

一會兒，聽見海龍將軍說：「長老夫人來了。」

Saya公主立刻起身，將身上衣飾整理好，下了床，又依依不捨地回頭看著沉睡中的Lono王子。Saya公主正準備踏出房門時，聽見門外的一段談話：

「讓開，聽到了沒有。」長老夫人說。

「公主！」海龜將軍只能求救了。

Saya公主開門看見長老夫人和一群村民，人人臉上滿是殺氣。

長老夫人一看見Saya公主出現在門口，立刻喊說：「快把她抓起來。」

當村民欲向前抓人的時候突然傳來一句話：「誰敢動手？」

眾人回頭望，看見長老來了，Saya公主本人也感到很意外。

長老看看Saya公主，又看看海龜和海龍將軍，最後眼睛盯著長老夫人，才慢聲無奈地說：「夫人一定要弄出人命才肯罷休嗎？」

「長老，這話什麼意思？今天大祭司祭天不成，祭海掀大

175

浪，害大家失去Lono的訊息，不是這女人造成的嗎？為什麼不把她趕出去？」長老夫人忿忿不平地說。

「這件事是天神的旨意，Lono今天會這樣也是他命中的劫難，怪不得誰。」長老說。

「長老！……」村民同聲喊道。

「不管怎麼樣，那女人都不能留在村裡。」長老夫人說。

「能不能留得問過大祭司。」長老說。

「問大祭司，大祭司都失去和天神溝通的能力了。」長老夫人說。

「大祭司沒有失去能力。」Saya公主突然冒出這句話。

「Saya公主你說的是真的嗎？那為什麼……」Zawai說。

「大祭司只是測不出Lono王子的去處而已，其他沒什麼改變，大祭司還是大祭司。」海龍將軍說。

「是嗎？」長老夫人揶揄地說。

長老對大家說：「大家先回家吧！」村民開始散去。

「夫人，你也回去吧！」長老說。

「等一下。」Saya公主說。

Saya公主走出門外，說：「為了不讓長老為難，Saya會聽長老夫人的話離開村落，不過要等Lono王子醒來。只要Lono王子平安地醒過來，Saya就會立刻離開村落，不會為難長老和

夫人。」

「等Lono王子醒來？你想走也走不了，Lono會讓你離開嗎？」長老夫人說。

「夫人！」長老看了一下長老夫人責備道。

「我承諾，只要Lono王子醒來，我就會離開。」Saya公主說。

「要離開現在就離開，不必等Lono醒來。」長老夫人說。

「就這麼說了，Saya公主這是你自己的決定。」長老說。

Saya公主點點頭，眼神堅毅。長老默默無言，表情有點難過地走了，長老夫人也跟著離去。

Zawai看著屋內，發問：「Lono王子還沒有醒過來嗎？」

海龜和海龍將軍默然搖搖頭。

Papo對Saya公主說：「Lono王子不會讓你離開的。」

Saya公主沒有多說什麼，就靜靜地走進屋子裡。

進了屋裡，海龍將軍說：「為什麼不說公主正在救Lono王子？」

海龜將軍手臂碰了海龍將軍一下，示意他切勿多言。

「你剛才說什麼？」Zawai問。

「什麼？我沒說什麼。」海龍將軍不安地說。

Zawai莫名其妙地看著兩位將軍，猜測這其中一定另有隱

情，但看來誰也不想告訴他。最後，Zawai還是不再追問，獨自安靜地走了，海龍和海龜將軍這才鬆了一口氣。

55.酒後胡言亂語

「說什麼，Saya公主答應要離開村落？」Avango滿是震驚地說。

「是啊，說是不給長老為難，只要Lono王子醒來，Saya公主就離開。」巡守隊員說。

「這一定是母親做的！……」Avango口中喃喃自語，又若有所悟地轉身向巡守隊員說：「走，跟我去找母親。」

長老夫人聽到Saya公主自己答應要離開村落，打心裡快活起來，在幾碗米酒下肚後開始醺醺然胡言亂語。

「以前在海上那個小島，長老好心收留了Lono的母親，讓她吃住沒關係，竟然還給我生個小雜種出來。」長老夫人拍著桌子高聲說。

「夫人，那是長老的孩子。」一位年長的婦人說。

「嘎！」長老夫人怒睜雙目瞪著婦人。

這時，身邊一名年輕女孩趕快打圓場說：「夫人，現在你可以放心啦！Saya公主快要離開了。」

「再不離開村子，趕也要趕走！不然要是給Lono生個小雜種，怎麼辦？」長老夫人說。

Abas從門外走進來，手上提著木桶，長老夫人問道：「又去藥鋪了？」

「嗯。」Abas點頭說。

長老夫人看著Abas說：「你也給我爭氣點，和Avango結婚到現在也大半年了，連個消息也沒有。你是不是心裡還惦記著Lono，後悔跟Avango結婚？」

「夫人，Abas不敢。」Abas說。

「最好是不敢。」長老夫人說。

Avango出現在門外，看見長老夫人正在斥責Abas。

「母親。」Avango仍然恭敬地問安。

眾人看著Avango的到來靜默無語，年長的婦人則起身對長老夫人說：「我們該回去了。」說著便和年輕的女孩一起離開屋子。

「母親，你又在罵Abas了？」Avango說。

「Avango，夫人沒有罵我。」Abas說。

「好了，你不用替母親掩飾了。」Avango說。

Abas什麼話都沒說就進了房間裡了。

「Avango，我說你就是這麼粗心，結婚大半年了，連個消

息都沒有。你是怎麼了，難道你要Abas心裡還想著Lono，也不肯跟你？」長老夫人無奈地說。

「那是孩兒的錯，沒辦法給她快樂。是母親你要Saya公主離開的對吧？」Avango說。

「怎麼？連你也要留下那丫頭？」長老夫人說。

「母親明明知道Lono很重視Saya公主，一旦Saya公主離開村落，Lono也會跟著離開村落，為什麼還……」Avango話說了半，長老就走進來了。

長老看著長老夫人和Avango兩個人面色沉重，問道：「怎麼了？母子倆鬧彆扭了？」

「問你兒子。」長老夫人說完就進房去了。

「Avango，怎麼了？」長老問

「父親，你真的會讓Saya公主離開嗎？」Avango說。

「這事……」長老話吞一半。

「不能讓Saya公主離開，父親，Saya公主如果離開，Lono也會跟著離開，你是知道的，這對村落和村民都不好。」Avango說。

「一切等Lono醒來再說吧！」長老說。

Avango看著長老，腦海裡卻浮現著Lono在海上為了Saya公主和救村民被海怪抓走的情形。同一時刻，Kunuzangan也

在心裡思索著大祭司的話，體會到身為長老的他應該以大局
為重。

56.Saya，是你嗎？

　　Saya公主依然趴在Lono王子身上，傾聽他的心跳聲，不間斷地呻吟聲讓Saya公主想到龍王摟著她的溫暖父愛，這樣的她此刻在Lono身上也能感應得到。Saya公主就這樣沉甸甸地安心躺在Lono王子身上。

　　Lono王子看著躺在潔白沙灘上的Saya公主，深情說道：「今天你特別漂亮。」

　　Lono王子說完，就在Saya的額頭上親吻了一下。

　　「你真會說話。」Saya公主側著臉說。

　　當Lono王子凝視著Saya公主準備要再次俯首親吻的時候，眾家兄弟姊妹早已圍在沙灘旁，Lono王子害羞地低下頭。

　　「喲，害羞了。」海星姑娘說。

　　「是啊，我們都在這兒不好意思了。」海馬將軍說。

「走吧，別耽誤人家的好事。」海魚大哥說。

於是，眾兄弟姊妹們又潛入海中游走了。Lono王子又凝視著Saya公主，深深一記長吻，穩住了兩顆熾熱的心。烈焰般的陽光漸漸被烏雲遮住，海水帶來了巨大的水紋，從烏雲裡滲透出一絲光芒似有若無地照著沙灘。海面下的珊瑚散發出手足飛舞游動，閃閃耀目，姿態各異的珊瑚奪人眼簾。Lono王子和Saya公主在這美麗的沙灘上又做了一場甜蜜的美夢。

Saya公主貼著Lono王子的身子不斷地感受龍王對她的愛，淚水從Saya公主的眼裡不斷地流出，狂奔的淚水滴落到Lono王子的臉頰，Lono的臉抽動了一下，心跳加快了。Saya公主將身體稍稍抬起，Lono的手開始抖動著。Saya從Lono的身上下來，移坐在床邊，看著Lono的反應露出淺淺的笑容。

Lono王子微微睜開眼睛，看見床邊身影，眼神迷離地說：「Saya，是你嗎？」

這是Lono昏迷後說出的第一句話。Saya早已泣不成聲，摀著嘴哽咽著。

Lono拉起她的另外一隻手說：「你沒有離開我。」

Saya公主擦拭眼中的淚水，握著Lono王子的手說：「我一直都在，很高興你醒過來了。」

Lono王子眼眶裡充滿著淚水，歉意地說：「原諒我，讓你受苦了。」

Lono王子說完起身坐在床上，將Saya公主摟在懷裡。海龜將軍和海龍將軍提著早餐進門來，看到此景大吃一驚。

「Lono王子！」兩位將軍異口同聲驚呼。

Lono王子和Saya公主停止擁抱，微笑地看著他們兩個。此刻，喜孜孜的笑容在四個人的臉上洋溢著。

57.水酒歡宴同慶

　　Papo和Pilanu兩個人給海龜將軍他們送飯過來，得知Lono王子醒來了，非常高興，兩個人就在Lono王子的住處聊得不想離開。

　　「Lono王子，你可知道，這段期間發生好多事。」Papo說。

　　「是啊，下大雨，淹大水，要不是之前在山坡建了幾座小木屋，村民還真不知道到哪躲雨呢。」Pilanu開心地說。

　　Lono王子臉帶微笑看著Papo和Pilanu兩個人述說著他昏迷期間村落所發生的事。

　　「還有，大祭司祭天時出現了一道火光，從天空下來，讓大祭司祭壇上的法器都著火了。」Papo說。

　　大家聽了這些奇異事蹟只當故事傳說，哈哈大笑，不放在心上。

　　「不過，長老夫人這段期間對Saya公主不是很諒解，而且長老夫人還要Saya公主……」

　　Pilanu話才說了一半，Papo立刻大叫制止：「Pilanu！」

　　Pilani看了Papo一眼，又看看Saya公主和海龍及海龜將軍，吐吐舌頭，一臉尷尬。

　　Lono王子察覺到大家的神情變得怪怪的，命令似地發話：「說，長老夫人要Saya公主怎麼樣了？」

　　眾人都靜靜地沒有答話。Lono看著每一個人，從海龜將軍、海龍將軍、Papo、Pilanu、Saya公主，大家都沒有反應也沒有準備說。

　　Lono王子很無奈，最後對Pilanu說：「Pilanu，你說。」

　　「我不敢說。」Pilanu低著頭說。

　　大夥都面有難色地看著Lono王子，只見他有點生氣地站起來，手握拳頭走來走去，一副有氣無處發的樣子。

　　「Lono王子……」Papo欲言又止。

　　Lono王子看著Papo，說：「你可以告訴我嗎？」

　　「Lono，請坐下來吧。其實也沒什麼事，長老夫人為了你一直昏迷不醒，村醫也沒有辦法醫治，因此有點生氣了。長老夫人只是要我負責把你醫治好而已。」Saya公主緩和了一下氣氛說。

　　大夥吃驚地看著Saya公主，Saya公主也回看著大夥，眼神充滿暗示性。

　　「真的是這樣？」Lono王子坐下後半信半疑地說。

「是啊，別掃興，Lono王子好不容易醒來，值得慶祝一下，別弄壞了氣氛。」海龜將軍說。

　　「是啊，敬Lono王子。」

　　Papo說完之後，在大家的碗中裝滿水酒，然後舉起來邀大夥共飲。Lono王子顯然不太相信，為了不破壞氣氛，只好相信了，不再追問下去。

58.村落將添新生命

舢舨船在海岸邊游移，風浪平靜了許多，從礁岩海岸到平坦的沙灘都可以看到村民的足跡，被海水沖刷上來的蟹貝很快地就成了村民的囊中物。沙灘上不知名的小蟲爬著，矮木林的深水池正在醞釀著寶物，沙丘上的野果多到可以解除多日來的飢渴。

巡守隊在沙灘與山坡之間不斷巡視著，Takid在Tamayan村的海岸望著大海。

Zawai走過來，問道：「父親，一個人在想什麼？」

Takid回頭看了Zawai一眼，說：「Piyan身體還好吧。」

「剛懷孕有點不習慣，現在好多了。」Zawai說。

「總算能為村落添個新生命。」Takid說。

「Piyan從村醫那裡回來也說，最近村裡懷孩子的女人不少呢。」Zawai說。

「看來這裡是村民生根的地方，我們不用在海上漂泊了。」Takid說。

「父親說的是。」Zawai說。

「Zawai，以後海上夢幻王國的領導人不管是誰，你都要全力地協助，好讓大家在這裡長久生存下去。」Takid說。

Zawai看著Takid又看著大海，若有所悟地想著。

巡守隊走過來報告說：「Lono王子醒來了。」

「真的？」Zawai說。

「嗯。」巡守隊點頭說。

Zawai露出笑容看著Takid。

「我們去看看Lono。」Takid說。

「可是……」巡守隊支吾其詞。

「什麼事？」Zawai問。

「Lono王子已經到山坡上去巡視了。」巡守隊說。

「一個人？是誰讓他去的？」Zawai問。

「是Lono王子自己要去山坡上的小木屋的，還有Papo、Pilanu也跟著去了。」巡守隊說。

「那好，多派些人手去，如果Lono下山就通知我們。」Takid說。

「是。」巡守隊說完就離開了。

「Lono也太不珍惜自己了，病剛好就急著在村落到處走。」Zawai說。

　　「這就是Lono的責任，建立一個海上夢幻王國是我們大家的夢想，可是卻都沒有勇氣去做，Lono自己去實現了這個夢想。」Takid說。

　　「父親，你說我們會結束海上流浪漂泊的日子，就是在這裡建造王國？」Zawai問。

　　Takid點點頭，Zawai又問：「那Lono不就是我們的新國王了？」

　　「那你說，除了他，還有誰有能力來領導村落？」Takid說。

　　「所以父親要我好好協助Lono建立新王國？」Zawai問。

　　Takid笑而不言，兀自往村落市集的方向走去。

59.和長老夫人的約定

在市集裡，長老夫人聽到Lono王子醒來的消息，就急忙找人去Saya的住處。Saya公主一個人忙著撿拾野菜和削薯成泥。

正當Saya公主準備起身時，突然看見長老夫人出現在自己面前。

「長老夫人。」Saya公主開口招呼。

長老夫人對著Saya公主左看右看，Saya公主尷尬地退後一步站著。

「聽說Lono醒來了，是不是？」長老夫人說。

「是。」Saya公主輕答。

「哼，那你是不是也該實現你說過的話了?!」長老夫人說話時的氣焰不小。

「什麼？」Saya公主有點驚訝地說。

「你不要給我裝糊塗，Lono一醒來，你就馬上離開，這是你自己說的。」長老夫人說。

Saya公主沒有忘記和長老夫人的約定，當Saya公主正在想

著如何回長老夫人的話的時候，Papo突然現身大喊：「Saya公主，我們回來了！」

Pilanu站在Papo旁邊，兩人看到長老夫人都愣住了，恭敬地行禮道：「長老夫人。」

長老夫人看著他們兩個，轉頭對Saya公主說：「你最好趕快決定，免得我動手。」

長老夫人說完就走了，Papo和Pilanu看著長老夫人離開的身影，心情頓時輕鬆不少。

Papo回頭對Saya公主說：「沒事吧，長老夫人是不是來叫你離開？」

「這事不要說出去。」Saya公主立刻正色地對兩人說出這句話。

「連Lono王子也不能知道嗎？」Pilanu問。

「笨哪！這事怎麼能讓Lono王子知道。」Papo說。

「什麼事不能讓我知道？」Lono王子突然出現冒出這句話。

Papo、Pilanu和Saya公主三人張口結舌，驚訝地看著Lono王子。

「什麼事那麼神祕，都不說了？」Lono王子向前走了幾步說。

「王子，大難不死，我們想給你來個慶祝，給你驚喜。」
Papo說。

「現在說出來算什麼驚喜！」Pilanu說。

Saya公主突然鬆了一口氣，想不到Papo、Pilanu兩個人還
挺機智的。

Lono王子兩手分別搭著Papo和Pilanu的肩說：「你們能陪
著我一直到最後，就是最好的禮物了。」

Papo和Pilanu兩個人開心地看著Lono王子。

Lono王子轉身指著海龍將軍手上的山雞說：「今晚就用牠
來慶祝好了，待會去買酒來配著喝。」

「王子……」Pilanu說。

「怎麼？有問題嗎？」Lono王子看著大夥說。

「海龜、海龍將軍你們就負責這隻雞吧！」Saya公主說。

「那我去弄點酒回來。」Papo說。

Lono王子看著大夥愉悅的笑容中似乎隱藏著一股不安的氣
氛，自己也不知從何問起。

60.巧遇Piyan

　　市集裡店家銷售的商品日漸繁多了，村民絡繹不絕地上門光顧，個個臉上充滿著愉悅的笑容。可以說是買的滿意，賣的開心。

　　Abas獨自在市集裡走著，在一家飾品店前看著珠環首飾，好奇地拿起來觀看，不巧被Piyan看見了。

　　「買給誰？」Piyan靠近她說。

　　Abas抬頭看著她笑笑，沒有說話。

　　「你知道Lono醒來了嗎？」Piyan說。

　　「Lono醒來了，你怎麼知道？」Abas有點驚訝地說。

　　「哎喲，消息這麼不靈通，大街小巷哪個人不知道，連店老闆都知道了呢。」Piyan說。

　　Piyan連攤位老闆都說進去了，讓老闆有點不好意思。

　　「看來你這個孕婦挺能跑的。」Abas說。

　　「要不要去看Lono？」Piyan問。

　　「現在？」Abas說。

「你怕了？是怕Avango還是長老夫人？」Piyan語帶挑釁意味。

「長老夫人今天才去找Saya公主，說什麼要她早一點離開。」攤位老闆突然冒出這句話。

「結果呢？」Piyan問。

「聽說後來Lono王子從村外巡視回來，就作罷了。」攤位老闆說。

「現在Lono王子一定有很多話要Saya公主說，你就忍忍吧！你是孕婦這樣跑上跑下的不太好。」Abas說。

Abas離開了攤位回家了，Piyan只好自己一人獨自繼續瞎晃，逛累了才回家。

Pilanu和Papo在一家酒鋪提了一壺酒出來，邊談邊笑。

「老闆真好心，竟然會送我們這麼大壺酒。」Pilanu開心地說。

「送你？少臭美了，人家老闆可是看在Lono王子份上才給的，不是你。」Papo說。

「沾一下光嘛！」Pilanu說。

Pilanu遠遠看見Piyan，驚呼：「Papo，你看！」

Papo往Pilanu說的方向看去，立刻拉著Pilanu躲到一旁。

「怎麼了？Papo。」Pilanu問。

「要是讓Piyan知道了，鐵定跟我們走。」Papo說。

「不好嗎？」Pilanu說。

「現在Lono王子的事要謹慎一點好，走吧！」

Papo說完，就推著Pilanu走。Pilanu雖然不明白Papo的意思，不過還是選擇相信他。

61.香料烤雞大餐

　　在Lono王子家裡，大家七手八腳地好不容易弄好一頓豐盛的晚餐。

　　「真沒想到這野菜這麼香，放在烤雞裡全溢出來了。啊，我早就飢腸轆轆啦。」海龜將軍說。

　　「是啊，害我一直流口水。」海龍將軍說。

　　「這不是野菜，是香料。」Lono王子說。

　　「咦？」兩位將軍發出輕嘆聲。

　　「這個香料應該也可以搭配其他料理。」Lono王子邊說邊幫Saya公主盛裝烤好的薯餅。

　　「也許下次拿來煮魚，如何？」Saya公主興致勃勃地說。

　　「可以先試看看小魚乾，就知道味道了。」Lono王子說。

　　「哇！好香喔！」Papo現身門口冒出這句話。

　　「你們終於回來了！」Lono王子說。

　　「這麼大壺酒啊。」海龍將軍說。

　　「賣酒的老闆說是要給Lono王子的，就給這麼一大壺，而

且還特別交代我們要好好照顧Lono王子呢。」Pilanu說。

「是嗎？看來得好好答謝老闆。」Lono王子說。

「是要好好答謝一下。」Papo說。

「好了，別顧著說話，進屋子吃飯吧。」Saya公主站在門口說。

於是大夥都走進屋內準備共飲同歡。

「來，我先敬大家一杯，感謝你們對我不離不棄。」Lono王子舉起杯子說。

「Lono王子值得我們跟隨。」Papo說。

「是啊，我們敬Lono王子劫難不死，天福不淺。」Pilanu說。

大家舉杯互敬。

「不知道Lono王子下一步要做什麼？」海龜將軍問。

「今天在村子附近巡視，明天要到更遠的地方，所以才會這麼早回來，大家心裡要有所準備。」Lono王子說。

「明天…？」Pilanu驚訝地說。

「怎麼了？害怕嗎？」Lono王子看著Pilanu說。

「不怕，只是王子……病才剛好，出遠門不太好吧？我看還是交給我們去好了。」Pilanu邊說邊看著Papo。

「是啊，明天Lono王子就和Saya公主在村裡休息，讓我們

去就好了。」Papo說。

「你們兩個怎麼了？」Lono王子問。

Papo向海龜將軍使個眼神，想討救兵。

「其實Papo說的沒錯，明天你和Saya公主休息一下。王子，公主在你昏迷的時候可沒休息過呢，Lono王子不需要補償一下嗎？」海龜將軍說。

Lono王子聽了海龜將軍的話，轉頭看著Saya公主，心裡有柔情萬千，卻是不好在眾人面前說。

最後，Lono王子只好環顧海龜將軍、海龍將軍、Papo和Pilanu一會兒，說道：「好吧，我會把我想知道的情形都告訴你們，你們幫我跑一趟，我就留下來陪Saya公主吧。」

「太好了。」Papo說。

「Lono王子……」Saya公主突然出聲，似有什麼話要說不說。

「不要辜負大家的好意，來，我們今晚喝個痛快，吃個飽足。」Lono王子又舉杯一次。

Papo這時才高高興興地放下了心上的大石頭。Papo看著Pilanu，互相會心一笑；Saya公主看著Lono王子，彼此眉目傳情。

　　Saya公主知道這是Papo故意安排的，只要Lono王子陪著
她，長老夫人就不會來找她，只有此一緩兵之計才能多少拖延
一段日子。但是，Lono王子終究還是會知道這一切的，到時該
怎麼辦呢？屋外半空中的上弦月，彎成一個問號「？」，誰能
給出答案呢？

62.Avango戰勝惡霸

　　Avango在市集裡巡視著。他很了解，村落之間的眾多住戶彼此不是親戚就是朋友，彼此有著密不可分的關係。Avango接著前往海岸邊，駕著舢舨船在水藻間擺盪。Avango看見村民在海上捕撈和採擷水藻的情形，想起以前在海島上也是這樣的生活，在這裡卻多了一個可以上山打獵的地方，捕捉熊、豹、虎、山豬等等野獸。想到這裡，Avango突然發覺自己好久沒上山了，於是心隨意轉馬上將舢舨船靠岸，沒想到差點觸礁，船打歪了不小心撞上村民的船。村民有些不悅，Avango向村民賠不是，趕緊將船隻弄正。

　　等Avango上了岸之後，聽見村民說：「聽說Avango最近在各村落裡走得很勤快，大概是想要繼承長老的位置來領導村落。」

　　「真的嗎？可是聽大祭司說天神意指的領導人是Lono而不是Avango。」

　　「真的嗎？這話不能亂說。」

　　村民的這段對話對於Avango來說可說是一大重傷害，但Avango不灰心，仍然很有禮貌地告訴村民說：「各位，我知道有很多事我需要學習，如果大家願意給我機會，我願意學習。」

　　「你不是要跟我們學習，你應該和Lono王子和Zawai多多學習，看看他們是怎麼照顧我們這些村民的。」村民說。

　　Avango聽完之後邊走邊想，對自己說：「我一定可以做到的。」

　　這時巡守隊經過他眼前，巡守隊員告訴他：「Lono王子正在市集裡巡視。」

　　「Lono醒來了？」Avango說。

　　「嗯。」巡守隊員點點頭。

　　Avango往市集的途中看見有兩個村民在決鬥，決鬥勝利的人可以把對方今天捕獲的物品全部帶走，輸的人要被處罰。Avango感覺這遊戲規則不是很公平，當Avango想要替輸的人說情時卻被哄抬著：

　　「怎麼？公平？有本事就把這些貨統統贏回去啊。」

　　有人勸說別插手管這件事，面對這不講理的惡霸村民，Avango更是打心裡憤恨有加，於是就向勝利者提出挑戰。那惡霸村民認為是肥羊自動送上門來了，內心暗自高興得不得了。

　　有村民小聲地告訴Avango說：「你打不過他的，他常常使用一些小伎倆騙走很多人。」

　　Avango一聽，更是好奇地想揭穿他的惡行，於是Avango和這個惡霸勝利者開始決鬥了。剛開始兩人勢均力敵，分不出輸贏。到比賽中間，惡霸竟然拿出預藏的粉末灑向Avango，讓Avango一時之間看不清楚對方。此時惡霸趁機對Aavango拳打腳踢，Avango清醒過來，早已傷痕累累。不過，Avango還是用盡最後力氣給惡霸勝利者很狠一拳。只見那惡霸一個重心不穩跌落地上，然後狠狠地一邊瞪著Avango一邊慢慢地爬起來，想要再給Avango一拳。還好Avango轉身閃過，沒被打著。

　　那惡霸對著剛才被他打敗的村民說：「今天算你好運，老子不拿你的貨物了。」

　　惡霸跟蹌地走了，在場的村民都非常感謝Avango的勇敢挺身而出。這時候Avamgo才體會到原來不顧性命地保護村民才能受到讚揚，看著村民臉上的笑容他感到無限喜悅，Avango突然想到Takid的話：「你要找到保護村民的方法。」保護村民的方法不就是把村民看得比自己還重要嗎？Avango一邊略有所悟地想著，一邊繼續在市集裡尋找Lono的足跡。

63.教訓惡霸

在一家掛滿皮製物品的商店前，Avango遇見了Zawai。

Avango對Zawai說：「你是不是也在找Lono？」

「是啊，Lono已經醒了，巡守隊說今天會在市集裡。奇怪，這傢伙真難找，到現在還看不到人。」Zawai說著說著東張西望起來。

「是啊，我也好想找他，我們去那邊找找看。」Avango指著前方說。

Zawai看著Avango的臉有點擦傷，問道：「不要緊吧。」

「沒關係。」Avango說。

就在Zawai和Avango兩個人並肩而行的時候，突然從路旁衝出一票人對著Aavango猛打猛踢。事出突然讓Avango無從抵抗，一旁的Zawai奮不顧身地打跑這些人，最後決定先帶走Avango。

沒想到這一票人也對Zawai狠打猛揍了起來，最後Zawai問道：「你們是什麼人？」

　　這一票人誰也沒有回答。

　　只見路旁竄出一個人，惡狠狠地看著Avangog說：「想出頭是吧！我倒要看看你的本事有多大，給我打。」

　　「住手，你們講不講理啊？」Zawai說。

　　「講理？跟老子講理，就……」那惡霸衝著Zawai揮了一拳，但沒有打著，又繼續發狠地說：「你知道這是什麼？拳頭大就是理。」

　　惡霸說完又冷不防地在Zawai肚子捶一下，Zawai痛得倒退了兩步。

　　Avango一邊出手攙扶，一邊關心地問：「Zawai你還好吧？」

　　「還站著幹什麼，給我打。」那惡霸收起拳頭對著剛才打人的一票人說。

　　正當這一票人對著Zawai和Avango步步進逼時，突然一個箭矢飛過來，從這票人中間穿過，有幾個人驚嚇得跌倒在地，這一些人則眼睜睜呆呆地看著箭矢飛射在路旁的一根柱子上。眾人傻眼，連惡霸也感到驚訝。Avango和Zawai兩個人覺得有點意外，內心思索是誰出手相救。

　　「是誰？」惡霸大叫說。

　　「有如此好箭法的，在村裡只有一個人。」Zawai說。

「什麼好箭法？」Avango說。

「你看剛才那支箭，差一點就射中了人，可是卻無意傷人，分明只是想嚇阻而已。」Zawai說。

「你是說只是想嚇嚇人，讓人感到害怕？」Avango說。

「嗯，沒錯，而且箭法快，人至今未現身。」Zawai說。

「會是誰有這麼力道好的箭法呢？」Avango說。

「是Lono。」Zawai說。

「誰，到底是誰？」惡霸四處張望，大叫大喊。

「你是說Lono在這裡？」Avango說。

「要是個勇士就出來吧，不要躲起來。」惡霸再度嗆聲說。

「飛箭跑得快，我兩條腿跑得再快也得有個時間啊。」Lono王子出現在大家面前說。

大夥目光集中在Lono王子和旁邊的Saya公主兩人身上。

Lono王子看著Avango和Zawai兩個人，又看看惡霸和那一票人，發話道：「你們這麼多人打兩個人，算什麼勇士？」

只見惡霸不屑地說：「又來個好出頭的人。」

「他們看起來不是很好應付。」Saya公主說。

Lono王子看著Saya公主說：「你先避一下。」

Saya公主走到Lono王子身後，和Avango、Zawai兩個人站在一起。

　　「兄弟，愛管閒事的給我打。」惡霸指揮著那一票人說。

　　眼見一票人往Lono王子衝過來，一陣拳打腳踢，Lono王子看著這一票人又看看那惡霸在一旁涼快地看著，Lono迅速轉身拔起Avango身上的長劍，然後鷂子翻身地穿過這一票人，將長劍直直抵住那惡霸喉嚨。

　　惡霸被Lono王子的舉動嚇得腿軟彎了身子，Lono王子大叫說：「想活命的就放下武器。」

　　那一票人眼見惡霸被Lono王子用劍架著，馬上停止了打鬥。

　　「叫他們讓開。」Lono王子將長劍用力抵著惡霸說。

　　「退，讓開。」惡霸揮著手說。

　　那一票人退在一旁，Lono王子看著人已散開，就收劍，然後往前走。誰知那惡霸竟想從背後偷襲，Lono王子背後卻沒長眼睛。

　　Saya公主馬上出聲提醒：「小心！」

　　Lono王子一個轉身將惡霸狠狠地摔在地上，看著惡霸說：「從背後偷襲，看來你不是什麼好勇士。」

　　Lono王子說完，整整衣服看著Zawai和Saya公主，滿臉微笑。

　　當Lono王子和Zawai等人打算離去的時候，只見躺在地上的惡霸露出痛苦表情說：「報上名來。」

「你有機會認識我的，只是你才要報上名給我。」Lono王子說。

Zawai和Lono王子一行人就這樣離開了打鬥現場。

惡霸起身扭扭疼痛的身子，虛張聲勢道：「下次，我會要你好看！」

「沒有下次了，要打，你自己打。」那一票人中有人說出這句話。

「怕什麼？這點挫折你們就怕，如果遇見Lono王子該怎麼辦？」惡霸說。

「他就是Lono王子。」那一票人終於有人認出來說。

「咦？」惡霸滿臉狐疑地說。

很快地，惡霸這一票人訕訕然離開了市集。

64.惡霸有長老夫人撐腰

返家的路上，Lono王子一直都沒有說話。

「你在想什麼？」Saya公主問。

「三個村落的區域太狹小了，應該要擴大，要不許多年輕的村民無所事事會擾亂村落的安全。」Lono王子說。

「是剛才跟那些惡徒打鬥之後才想到的嗎？」Saya公主問。

「目前村落的巡守隊人數有限，無法容納更多的勇士加入，要是村落的生活範圍擴大，就可以讓年輕勇士善用自己的充沛體力保護村民了。」Lono王子說。

「你要怎麼擴大村落範圍？」Saya公主問。

Lono面帶微笑看著Saya公主，笑容裡似有玄機。

「笑什麼？」Saya公主害羞地說。

「這不就是我要Papo他們去辦的事嗎？」Lono王子說。

Saya公主看著Lono王子等著下文，Lono王子將Saya公主摟在懷裡，說：「等Papo他們回來，就可以實現我的夢想和你的任務了。」

說到Saya公主的任務是幫助Lono王子建立海上夢幻王國，但不知不覺中她在心底早已情愫暗生，難以割捨。Saya公主既然離不開Lono王子，為了不破壞Lono在村落的聲望，所以她決意默默承受長老夫人給予的要求和辱罵。如果她的離開可以重建Lono王子的聲譽，Saya公主也願意忍受失去珍愛的痛苦而離開。

Saya公主在Lono王子懷裡想著想著禁不住掉下淚來，低聲啜泣。

「你怎麼哭了？」Lono王子不解地問。

Saya公主離開Lono王子的胸懷，轉頭拭去淚水。

「怎麼了？」Lono王子追問。

Saya公主還沒答話，突然出現一群人圍住他們。

Lono王子看到剛才那惡霸又出現了，無奈地問：「怎麼又是你？」

「你們發什麼呆，還不趕快抓人？」

眾人沒人敢動，惡霸甩了其中一人一個耳光，喊道：「怕什麼？有長老夫人在，怕什麼！」

眾人還是沒有動靜。

惡霸再次舉起手想打另一人時，Lono王子喝止道：「你怎麼動手打人？」

　　這個時候長老夫人出現了，惡霸立刻走向長老夫人。Saya公主也盯著長老夫人，心裡清楚對方的來意。

　　長老夫人向Saya公主走近，冷不防給了Saya公主一記耳光。

　　當長老夫人想再次動手的時候卻被Lono王子狠狠地抓住了手臂。

　　「我尊敬你，想不到你跟這些人一樣無理，隨便打人。」Lono王子說。

　　長老夫人掙脫被Lono王子握住的手臂，向後退了兩步，冷笑地說：「說我無理？哈哈！」

　　長老夫人詭異地大笑數聲後，惡狠狠地瞧著Saya公主，說：「你這女人可真厲害，竟然以為躲在Lono身邊，就可以不用實現自己說過的話。」

　　Lono王子心疼的眼神讓Saya公主暗下決心，她拭去不小心流下的淚水，回答道：「我沒有忘記。」

　　「是嗎？」長老夫人滿臉鄙夷地說。

　　「Saya答應你什麼？」Lono王子問。

　　「Saya公主答應長老夫人說只要Lono王子從昏迷中醒來就得離開村落。」一個村民說。

　　「看吧，此事是大家都知道的，連長老也知道這件事。」長老夫人說。

　　Lono王子環視眾人，先是長老夫人，接著是村民們，最後定睛看著Saya公主。Saya公主淚眼汪汪，彷彿有千言萬語要述說。知道此事之後的Lono王子也心疼、心痛得無法表達什麼。

　　最後，Lono王子對長老夫人說：「你可以先帶這些村民離開嗎？」

　　長老夫人看看Lono王子又看看村民，沒有說一句話就走了。

　　Lono王子看見這一群人都離開後，對Saya公主說：「你怎麼可以做這麼危險的事？」

　　Saya公主沒有說話，兩個人就這樣默默地對望著。

65.你真的不知道我有多麼在乎你嗎？

　　夜裡起風，雖是隔著門窗，但颯颯風聲傳入耳中仍然令人感到幾分不安和恐懼。Lono王子獨自喝著悶酒，陶碗裡的酒喝了又倒，倒了又喝，都快喝光一整壺了。Saya公主看著他，兩個人一句話也沒交談，直到Lono王子放下陶碗，深深長嘆一口氣。

　　「你還在生我的氣嗎？」Saya公主打破沉默。

　　Lono王子看了她一眼，又繼續將酒倒滿陶碗中。

　　「你真的不知道我有多麼在乎你嗎？」Lono王子說話了，話裡有氣。

　　Lono王子一口氣將陶碗的酒喝完後看著Saya公主，Saya公主為王子這句真心話感到又驚喜又窘迫羞赧起來。

　　「我以為只要我把村落建立起來，海上王國的夢土打造好，就可以永遠守護你，沒想到你竟然輕易地說要離開我。」Lono王子說。

　　「Lono王子。」Saya公主輕聲地喚著。

　　Lono王子將Saya公主擁進懷裡，Saya公主再度聆聽、感

受他的心跳聲。這次和聆聽龍王的心跳聲有著不一樣的感受，Lono王子伏在Saya公主的身體上，Saya公主的輕吟聲感動了Lono王子，兩個人享受了一個甜蜜的美夢。

海葵和海星姊妹淘、海豹及海豚的「麻吉」黨，還有花丑魚、小紅藻、小藍藻、小綠藻等隊伍，隨著流動的海水，在閃耀的花蝦姊姊的帶領下，來到了珊瑚姑娘的私人花園，開起歡樂派對。花園外的花蟹、獨角蟲、獨角魚也都不請自來，參與盛會。叮叮咚咚的小鼓魚領著樂隊，敲響了這個盛會的最高潮。珊瑚姑娘很高興自己的花園帶來前所未有的熱鬧。

Lono王子傾聽著Saya公主的低吟和心跳聲，就像Saya公主聆聽Lono王子的心跳聲一樣，藉著這樣的傾聽，彼此的心思意念得到了更進一步的交流。屋外大風吹得樹葉和野草呼呼作響，掩蓋了兩個人的心跳聲。這一夜，兩個人都爬上了珊瑚姑娘的階梯，登上了岸礁，享受海水的滋潤和海風的吹襲。

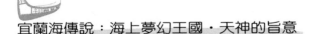

66.長老夫人遇劫而亡

　　大祭司在住所感應到Lono王子正在海岸邊行走，而且是和Saya公主一起，只是大祭司始終猜不透Saya公主的來歷，直覺Saya公主和Lono王子的關係越來越密切。長老夫人央求大祭司在海岸邊設壇把Saya公主趕出村落，好得遂自己的心願。大祭司告訴長老夫人，如果真這樣做有人會發生不幸。長老夫人想：「有人會死那麼是Lono還是Saya呢？」長老夫人不管那麼多，就叫大祭司儘管施咒。

　　這個時候，Lono王子和Saya公主正好走到了海岸邊，離祭壇不遠。

　　Saya公主看見了，指著大祭司的方向說：「Lono，你看那邊。」

　　Lono往大祭司方向看去，說：「大祭司又在設壇祭天了。」

　　「不對，是祭海神，有危險。」Saya突然緊張地說。

　　長老在大祭司唸出第一句咒語之前趕到，不悅地說：「夫

人，你這是在做什麼？」

長老夫人看著長老，神情有些忌憚。一會兒，Lono王子和Saya公主也急沖沖地往這裡走過來了。

「你也來了。」長老看著Lono說。

「大祭司，感應到什麼？」Lono王子說。

「到底感應到什麼事呢？」長老追問到。

正當大家靜默地等待大祭司回答的時候，傳來遠處海岸村民的大喊：「大海怪出現了！」

只見大夥急忙棄船奔逃，大海怪伸出了長爪用力地拍打水面，海水揚起巨大水柱衝上岸波及眾人。

「快閃！」Lono王子拉著Saya公主向後退了幾步。

大祭司的祭壇被大水柱沖垮了，長老退後幾步又立刻向前走幾步，驚呼：「這到底是什麼怪物啊？」

長老夫人靠近長老，又舊話重提說：「這都是Saya那丫頭帶來的，要不為什麼大祭司每次祭海神都出現大海怪呢？長老，要把她拿去祭海怪，才能讓村落平安啦！」

長老回頭看看大祭司又看看Lono和Saya，尚未答話，只見大海怪一個長爪伸出海面高高舉起將長老夫人抬起來，把長老夫人嚇得大叫「救命」。大海怪又將長老夫人重重摔下，在沙灘上長老夫人一個彈跳撞上了礁岩。

「夫人！」長老叫著。

長老夫人這麼一個彈跳撞得流了好多血，一臉疼痛地看著長老。

長老立刻奔向前抱住長老夫人，眼看長老夫人痛昏了過去，著急地大喊：「村醫在哪？」

Saya公主看到這一幕悲傷了起來，Lono王子緊緊地擁抱著她。長老將長老夫人抱起來，腳步有些不穩。村醫沒有在現場，長老抱著長老夫人想要往村落的方向走去，大海怪又掀起了大水柱淹上了沙灘又將長老和長老夫人摔倒，大海怪在海中咆嘯不已。看著眼前發生的一切，村民個個驚恐得遠離海岸，急忙回村落去了。巡守隊員架起警示牌，大祭司也將被沖毀的祭壇收拾好，想趕快逃走。正在此刻，天空出現一道白光直達海面上，像撕裂天空一樣撕裂大海。

大祭司手拿法器一邊往村落方向走去，一邊對Lono王子說道：「王子是不是該出面安撫大海怪了？」

「我？」Lono王子遲疑不解地說。

「大海怪在找大海的守護者，那不就是Lono王子你嗎？」大祭司說。

Lono王子滿眼困惑地盯著大祭司，大祭司向他點點頭。Lono王子放開Saya公主，靜心冥想召喚著大海怪，向大海怪

說：「以後不可以隨意傷害村民，也不可興風作浪。」大海怪靜靜潛伏在水中，只露出兩隻眼睛和頭皮，像一個做錯事的孩子一般看著Lono王子。

在此同時，海岸邊的消息傳到了Avango的耳中，得知母親的遭遇，馬上偕同Abas一起去探望。

只見長老傷心懊悔地坐在一旁，嘆氣說：「都怪我沒有及時阻止夫人的行為。」

「父親，請勿過度自責吧。」Avango勸說道。

村醫想盡辦法診治，卻依然束手無策的情況下，讓長老夫人的生命留下最後一口氣。

「Kunuzangan，我對不起你。」長老夫人氣若游絲地說，又看著Avango，輕嘆說：「你們都來了……」

「母親，你要堅強，一定還有辦法，我去找Saya公主，求她救救母親。」Avango說。

聽到Avango的話令長老夫人更難過地哭了，她恨恨地說：「找Saya公主只會讓我更痛苦。」

「不會的，Saya公主會救你的，你要振作。」Abas說。

長老夫人哀傷地看著Avango和Abas，又心有不捨地看著長老，然後慢慢地閉上眼睛，靜靜地嚥氣了。

67.獸皮和竹簡

　　Papo等人沿著山坡草澤地的樹林回到了村落，他們花了好幾天的時間，終於完成了Lono王子交代的任務。

　　聽到了長老夫人過世的消息，Papo感到非常驚訝，輕嘆道：「哇，這事真有點不可思議啊！」

　　「想不到我們才離開幾天，就傳來這等不幸消息！」Pilanu有些感傷地說。

　　「別顧著說話了，Lono王子還在等我們的消息呢。」海龜將軍說。

　　「是啊，快點回去，也不知道Saya公主怎麼樣了？」海龍將軍說。

　　「放心啦，有Lono王子在，沒問題的。」Papo說。

　　一行人很快地穿過市集回到了Lono王子的家，看見Saya公主正在屋外曬著野菜。

　　「Saya公主。」Papo叫了她一聲。

　　Saya公主抬頭看著Papo四個人，放下手中的籃子，招呼

道：「你們回來了。」

「王子在裡面嗎？」Papo說。

「Lono正在等你們。」Saya公主說。

Lono王子一個人坐在屋內思索著，Saya進門對他說：
「Papo他們回來了。」

Lono王子看著正在進門的Papo和Pilanu，開心地說：「你
們回來了，太好了。」

海龜和海龍將軍把身上的布包放在桌上，海龍將軍報告
說：「Lono王子要的東西都在這布包裡面。」

Lono王子露出笑容，邊打開布包邊說：「辛苦你們了。」

布包裡有一張張的獸皮和竹簡，裡面記載著密密麻麻的符
號和文字。

「大家坐下來，好說話。」Saya公主說。

「有了這些就可以實現我心裡的王國夢想了。」Lono王
子說。

「這次比較遺憾的是河水突然大漲，沒法渡到河口對岸沙
灘去，不過可以知道的是，那裡是一大片草澤地和竹林確實是
真的。」Papo說。

「而且在Tamyan村的沿岸有不少沼澤地和沙灘，還有幾
條溪流足夠供應村落的飲用水。」Pilanu說。

「那裡的沙灘要是建了村落會更繁榮這裡。」Lono王子說。

「王子要在沙灘建立新的村落？」Papo說。

「不錯。」Lono王子說。

眾人聞言都沉默地互相對望著。

「沿海沙灘比這邊平坦，又加上山坡草原和矮木林，除了資源豐富以外，還有防禦性，生活範圍也都會加大。」Lono王子看著大夥繼續說。

「你是想把Hi-Fumashu和Baagu村的生活圈擴大到大河口嗎？」Saya公主問。

「是的。」Lono王子點頭說。

「從這裡到大河口快則半天一趟，來回就要花上一天了。」Papo說。

「只要沿著溪流走就可以了，要不沿著海岸划船。」Lono王子說。

Tamyan村的海岸四周所擁有的沙灘是一塊潔白無瑕的瑰寶，竟然被Lono王子發現了！另外，沿著Hi-Fumashu村的山坡草原順著溪流到達竹林就可以和大河口的沼澤地連接，只要在周圍架設好防禦的高架台，隨時都可以注意村民的安全了。

「對了，明天是長老夫人的送靈日，王子要參加嗎？」
Pilanu說。

「你們都知道了？」Saya公主說。

「回來經過市集的時候，一路上都聽說了。」Papo說。

Lono王子沒說什麼，似乎陷入沉思當中。沉默中的Lono
王子神情嚴肅，讓人猜不透他在想些什麼。Saya公主知道這是
想要成為村落守護者所必須具備的特質，他必須將許多情緒和
情感隱藏起來，不輕易讓人發現。

68.建造新村落

　　Zawai和Avango各自在自己村裡挑選了幾名精壯的勇士，一起到集會所集合。

　　「不知道Lono要那麼多勇士做什麼？」Zawai說。

　　Avango和Zawai二人正做著各種猜測的時候，Lono王子走進集會所，向在場村民宣布：「我們光靠這些山坡和海岸，生活區域太狹小，所以我要另外建一個新的村落。」

　　「什麼？另外建造村落？」村民說。

　　「沿著溪流往下有一處竹林草地，在那裡的沼澤沙灘比我們這裡大很多，所以今天在這裡集合勇士，希望大家為這項計畫好好貢獻心力。一旦新的村落建構完成，各位村民可以選擇是否遷入。如果你們願意到新村落生活，我一定會在新的村落和大家一起努力，直到村落壯大為止。」Lono王子繼續說。

　　「那不等於遷村嗎？」村民說。

　　「不是全部，只是一小部分。」Lono王子誠懇地看著所有村民和耐心地回答各種問題，「新的村落也會有市集交易，到

時候兩邊的村落可以互相交易買賣，這樣就可以擴大各位村民的視野。」Lono王子繼續說。

大夥聽完都沉默了下來，各有各的考慮和憧憬。

「大家既然沒別的意見，勇士們走吧！」

Lono王子說完就帶領著一批勇士浩浩蕩蕩地來到了山坡、河流。Lono王子將勇士分成兩批隊伍，一部分到竹林裡砍竹劈木，一部分則留在沙丘整地。

Pilanu拿著繩索量測範圍大小，開心地說：「這以後就是村落的範圍啦。」

一堆一堆劈好的木材和竹子如山似地被疊起來，竹子架圍牆，木材架房子，勇士們個個努力地建造自己心中理想的房子。

「面海背山的村落真是好。」海龍將軍說。

「是嗎？等建好了才能知道好壞。」Lono王子說。

「Lono王子，木材好像不太夠。」Pilanu說。

Lono王子看著最後架起來的屋子，吩咐說：「把那些木材拿到旁邊去，暫時搭建為休息場所。」

Saya公主在Papo的陪伴下在村落的市集裡準備著勇士們的餐點，巧遇Zawai和Piyan。

「Saya公主，你是不是要到海上沙灘？」Zawai說。

「對，給正在興建村落的勇士送飯去。」Saya公主說。

「我們也跟你去。」Piyan說。

「你們也要去？」Saya公主略為吃驚地說。

「還有我們，我們也要一起去。」Abas指著她身後走出來的一群女孩說道。

「她們也要去沙灘興建的村落？」Piyan說。

「這…」Saya公主有點為難地說不出話來。

「你們去那兒做什麼？」Papo問。

「做飯煮菜啊，直接在那裡下炊啊！」女孩說。

Saya公主說不過，只好讓她們去。

「多派些巡守隊去保護她們。」Zawai說。

Saya公主一行人浩浩蕩蕩地出發了。

「沒想到，你會讓她們去。」Avango說。

「如果新村落真的建起來了，對村民也有好處。」Zawai說。

「怎麼說？」Avango說。

「以前村民懼怕往河口捕撈和打獵等活動，如果在那裡也有我們自己的村民，應該就不會感到害怕了。」Zawai說。

「你沒有說到重點，你應該說村民的生活區域變大，活動量也變大，村落也隨著擴大了。」Avango說。

「村落擴大，部落也就強大了。」Zawai說。

「對一個過去在海上小島生存的我們而言，能夠在這裡擴展出十倍大的範圍真是一大奇蹟。」Avango說。

「是啊，是奇蹟。」Zawai說。

Zawai和Avango兩個人目光不約而同地會心一笑。

69.招募人手

　　建立新村落是一件很困難的事，如果沒有事先規劃好也可能前功盡棄。Takid在海岸邊看著大海，村民的舢舨船依然直落入海，沿著溪流攀升而上，溪流旁隨處可見許多水鳥和野果。

　　Takid的舢舨船停靠在一處淺灘，Takid在溪流邊看見Kunuzangan，點頭招呼道：「大哥，一個人在這裡。」

　　Kunuzangan看著Takid，關心地問：「孩子們還好吧？」

　　「嗯，為了建新村落忙得好開心。因為興建新村落的關係，村落市集也格外熱絡起來，好久沒這麼熱鬧過了。」Takid說。

　　「這都是Lono的功勞，能夠讓村落重新復活起來。」Kunuzangan說。

　　「也許大祭司說得對，天神正在密旨給他任務。」Takid說。

　　Kunuzangan和Takid兩個人向四周的景物張望時，傳來村民的談話：「等一下你要去哪？」

「到沙灘去。」

「聽說沙灘正在招募人手建村落。」

「聽你這樣說，那村落建好是不是可以直接住進去呢？」

「對呀，Lono王子是這麼說的。」

「那我得快一點。」

村民這一句右一句地閒談著，長老聽在耳朵裡，欣喜在心裡。

「Takid，從村民的活動來看，真的變化很多。」長老說。

「大哥想不想去看看？」Takid問。

Kunuzangan看著Takid，很驚訝他的提議。其實Takid早就知道Kunuzangan心裡一直掛著Lono，只是不願意說出來而已。Takid彷彿搭了一座橋，好讓Kunuzangan得以通往新村落去看Lono。

「太陽快下山了，明早再去吧！」Kunuzangan說。

「好吧！」Takid說。

順著山坡、海岸，夕陽餘暉仍然金光燦燦，從Tamyan村望去一直延伸至新村落，都籠罩在它的光芒之下。黃金箔片一般閃耀的反射在海面上，倒映著天空裡多彩多姿的晚霞，其變化萬千有如村落裡多樣的生活面貌。

（故事未完待續……）

少年文學23　PG1322

宜蘭海傳說
——海上夢幻王國‧天神的旨意

作者／張秋鳳
責任編輯／廖妘甄
圖文排版／周妤靜
封面設計／王嵩賀
出版策劃／秀威少年
製作發行／秀威資訊科技股份有限公司
114 台北市內湖區瑞光路76巷65號1樓
電話：+886-2-2796-3638
傳真：+886-2-2796-1377
服務信箱：service@showwe.com.tw
http://www.showwe.com.tw

郵政劃撥／19563868
戶名：秀威資訊科技股份有限公司
展售門市／國家書店【松江門市】
104 台北市中山區松江路209號1樓
電話：+886-2-2518-0207
傳真：+886-2-2518-0778

網路訂購／秀威網路書店：http://www.bodbooks.com.tw
　　　　　國家網路書店：http://www.govbooks.com.tw
法律顧問／毛國樑　律師

總經銷／聯寶國際文化事業有限公司
221新北市汐止區康寧街169巷27號8樓
電話：+886-2-2695-4083
傳真：+886-2-2695-4087

出版日期／2015年7月　BOD一版　定價／250元
ISBN／978-986-5731-27-4

秀威少年
SHOWWE YOUNG

國家圖書館出版品預行編目

宜蘭海傳說：海上夢幻王國.天神的旨意 / 張秋鳳著. --
　一版. -- 臺北市：秀威少年, 2015.07
　　面；　公分. -- (少年文學 ; PG1322)
　BOD版
　ISBN 978-986-5731-27-4(平裝)

859.6　　　　　　　　　　　　　　　104010162

讀 者 回 函 卡

感謝您購買本書，為提升服務品質，請填妥以下資料，將讀者回函卡直接寄
回或傳真本公司，收到您的寶貴意見後，我們會收藏記錄及檢討，謝謝！
如您需要了解本公司最新出版書目、購書優惠或企劃活動，歡迎您上網查詢
或下載相關資料：http:// www.showwe.com.tw

您購買的書名：＿＿＿＿＿＿＿＿＿＿＿＿＿＿＿＿＿＿＿＿＿＿＿

出生日期：＿＿＿＿＿年＿＿＿＿＿月＿＿＿＿＿日

學歷：□高中 (含) 以下　　□大專　　□研究所 (含) 以上

職業：□製造業　□金融業　□資訊業　□軍警　□傳播業　□自由業
　　　□服務業　□公務員　□教職　　□學生　□家管　　□其它＿＿＿

購書地點：□網路書店　□實體書店　□書展　□郵購　□贈閱　□其他

您從何得知本書的消息？

　　□網路書店　□實體書店　□網路搜尋　□電子報　□書訊　□雜誌

　　□傳播媒體　□親友推薦　□網站推薦　□部落格　□其他＿＿＿＿＿＿

您對本書的評價：（請填代號　1.非常滿意　2.滿意　3.尚可　4.再改進）

　　封面設計＿＿　版面編排＿＿　內容＿＿　文／譯筆＿＿　價格＿＿

讀完書後您覺得：

　　□很有收穫　□有收穫　□收穫不多　□沒收穫

對我們的建議：＿＿＿＿＿＿＿＿＿＿＿＿＿＿＿＿＿＿＿＿＿＿＿

＿＿＿＿＿＿＿＿＿＿＿＿＿＿＿＿＿＿＿＿＿＿＿＿＿＿＿＿＿＿＿

＿＿＿＿＿＿＿＿＿＿＿＿＿＿＿＿＿＿＿＿＿＿＿＿＿＿＿＿＿＿＿

＿＿＿＿＿＿＿＿＿＿＿＿＿＿＿＿＿＿＿＿＿＿＿＿＿＿＿＿＿＿＿

11466
台北市內湖區瑞光路 76 巷 65 號 1 樓

秀威資訊科技股份有限公司　　　收

BOD 數位出版事業部

....

（請沿線對折寄回，謝謝！）

姓　　名：＿＿＿＿＿＿＿＿＿　年齡：＿＿＿＿　性別：□女　□男

郵遞區號：□□□□□

地　　址：＿＿＿＿＿＿＿＿＿＿＿＿＿＿＿＿＿＿＿＿＿＿

聯絡電話：(日)＿＿＿＿＿＿＿＿＿　(夜)＿＿＿＿＿＿＿＿＿

E-mail：＿＿＿＿＿＿＿＿＿＿＿＿＿＿＿＿＿＿＿